Eulogizing China

诗 颂 中 华

奔跑者之歌

李少君　王昕朋　丁鹏　主编

中国青年出版社

图书在版编目（CIP）数据

奔跑者之歌 / 李少君，王昕朋，丁鹏主编 . -- 北京：中国青年出版社，2024. 12. -- ISBN 978-7-5153-7509-0

Ⅰ . I227

中国国家版本馆 CIP 数据核字第 202444J6W6 号

奔跑者之歌

李少君　　王昕朋　　丁　鹏　主编

责任编辑：侯群雄
封面设计：鸿儒文轩·末末美书
出版发行：中国青年出版社
社　　址：北京市东城区东四十二条 21 号
网　　址：www.cyp.com.cn
编辑中心：010-57350401
营销中心：010-57350370
经　　销：新华书店
印　　刷：三河市华东印刷有限公司
规　　格：880mm×1230mm　1/32
印　　张：6.25
字　　数：130 千字
版　　次：2024 年 12 月第 1 版
印　　次：2024 年 12 月第 1 次印刷
定　　价：58.00 元

新诗的中国式现代化路径（代序）

丁　鹏

　　"白话作诗"的新诗是"五四"文学革命的突破口，也是中国文学走向现代化的开端。如钱理群所说，1918 年 1 月，《新青年》4 卷 1 号发表白话诗九首，"就宣告了中国现代文学的诞生"。按照严家炎的说法，中国文学现代化的起点比工业、农业、国防和科技的现代化的起点要早整整三十年。而在中国文学中新诗又是最早走向现代化的文体。

　　虽然相比于"在鲁迅手中开始，又在鲁迅手中成熟"的现代小说，新诗的成熟要晚一些。但如果按照波德莱尔意义上的"现代性"就是每一个"新"事物或"新"时代所具有的那种特性，那么立志要新于一切已有诗歌的"新"诗，则体现出文体本位的对现代性的高度自觉。

　　虽然早在五四时期中国文学的现代化就已经率先开始，但"现代化"一词在中国被广泛使用，则要迟至 1933 年 7 月上海

《申报月刊》发起的对于"中国现代化问题"的大讨论。当时东北三省和热河已经被日本占领，冀东 22 县也在日伪的势力范围之内。出于拯救民族危亡的迫切，该刊痛心疾首地呼吁，中国要赶快顺着"现代化"的方向进展。

20 世纪 30 年代的上海作为亚洲最大的国际贸易中心和金融中心，是中国现代化程度最高的城市。依托其繁荣的都市消费文化，倡导现代主义的《现代》杂志创刊，并形成了以戴望舒、卞之琳、何其芳等为代表的现代诗派。主编施蛰存认为"纯然的现代诗"应该表现"现代人在现代生活中所感受到的现代的情绪，用现代的词藻排列成的现代的诗形"。

现代诗派的诗学与实践对推动新诗的现代化发挥了十分重要的作用，不仅在于其对现代性的深刻把握与自觉追寻，更在于其某些主张对中国传统诗学观念的继承与转化，某种程度上弥合了新诗与旧体诗的断裂，也有力地回应了梁实秋对初期"新诗，实际就是中文写的外国诗"的尖锐质疑。游国恩认为："（20 世纪）30 年代，戴望舒与卞之琳二人，一南一北，一主情一主知，与其他诗人一起，合力打造了中国式的现代主义诗歌。"虽然新诗具体在谁的手中成熟，学界未有定论，例如有戴望舒、卞之琳、艾青等不同说法，但一般认为是现代诗派以其突出的创作实绩，以及丰富的理论建设将新诗推向了成熟。

但正如前面《申报月刊》专号所描述的，当时的中国国民经济整体处于"低落到大部分人罹于半饥饿的惨状"，国防也正面临侵略者铁蹄的践踏。当日本发动全面侵华战争以后，再去书写大都市新潮的现代生活与现代人寂寞感伤的情绪，已经与国内情势、与时代主题相脱节。因此，现代诗派所建构的新诗现代化道路还需要进一步地拓展。

1937年全面抗战爆发后，曾是《现代》杂志作者的艾青写下名作《雪落在中国的土地上》。时代的旗帜引导艾青修正写作的方向，而艾青也自信为新诗找到了"可以稳定地发展下去的道路：现实的内容和艺术的技巧已慢慢地结合在一起"。此后，他为中国人民奉献了他最动人的作品《北方》《我爱这土地》《黎明的通知》……正像吴晓东所评价的艾青诗歌"背后正蕴涵了一种深沉的力量，反映着民族坚忍不拔、自强不息的精神"。

虽然20世纪30年代的诗人们通过探索，已经逐渐意识到应该将现代主义与古典诗词或现实生活相结合，但新诗革命所遗留的"新与旧""中与西"的对立，仍旧是困扰不少诗人的诗学难题。直至1938年，毛泽东明确提出要"把国际主义的内容和民族形式"紧密结合起来，创造"新鲜活泼的，为中国老百姓所喜闻乐见的中国作风和中国气派"，将民族化议题提升到了与现代化同等重要的高度，引发了关于新诗民族形式问题的大讨论。学习民歌形式，又蕴含现代思想的"民歌体叙事诗"是新诗民族化的成果之一，代表作有李季的《王贵与李香香》、张志民的《王九诉苦》，以及新中国成立后发表的阮章竞的《漳河水》等。

而力扬1940年发表的文章则从新诗的民族形式出发展望了新诗的中国式现代化方向："诗的民族形式，是发展了自由诗的形式，它必须吸收民间文学适合于现代的因素，接受世界文学进步的成分，并切实地实践大众语的运用，而贯彻以现实主义的创作方法。"这为新诗，描绘出了一幅既拥有文化自信自强、又具有开放包容精神的中国式现代化蓝图。

1942年5月，延安文艺座谈会召开。毛泽东谈道，"我们的文学艺术都是为人民大众的"，将20世纪30年代"左联"所倡导的"文艺大众化"问题提升到了政治的高度，同时又基于文艺自身的规律，"反对只有正确的政治观点而没有艺术力量的所谓'标语口号式'的倾向"。"讲话"将文艺的自律与他律紧密地结合了起来，一定程度上纠正了抗战诗坛提倡战斗性、忽视艺术性的偏颇。新诗大众化运动还促进了20世纪40年代朗诵诗运动的开展。朱自清在《论朗诵诗》的末尾预言，配合着现代化，朗诵诗会"延续下去"。的确，改革开放新时期以来，以王怀让为代表的朗诵诗仍显示出旺盛的生命力。

除了积极参与朗诵诗的理论建设，朱自清还在中国第一个明确提出"新诗现代化"的课题。1943年2月，苏联取得斯大林格勒战役的胜利，抗战形势向好的方向扭转。同年9月，朱自清在《诗与建国》一文中写道："我们现在在抗战，同时也在建国；建国的主要目标是现代化，也就是工业化。……我们迫切地需要建国的歌手。我们需要促进中国现代化的诗。"朱自清将新诗现代化置于建国大业的宏大背景及中国诗歌史演变的历史进程中加以探究，并将新诗现代化作为自己诗学追求的核心。正如李怡所说："朱自清的探索表明……只有扎根于中国文学深厚的传统才能创造出新诗。在这个意义上，朱自清探索的是中国人'自己的'现代化之路。"

1945年，抗战取得完全胜利。1946年，西南联大解散，迁回北京。读书人终于有了一张安静的书桌。1947—1948年，时任北京大学西语系助教的袁可嘉先后发表了《新诗现代化》《新诗现代化的再分析》等一系列文章集中探讨新诗现代化问题。他主张将现代主义与现实主义、民族传统高度融合，创作出综合"现实、象征、玄学"的"包含的诗"。能代表这一诗学追求的诗人有冯至、穆旦、郑敏、陈敬容、杜运燮等。两年前，朱自清在《诗与建国》中与国际接轨，甚至"迎头赶上"的新诗现代化愿望，似乎正变成现实。例如，许霆判断，中国新诗派"在20世纪40年代的崛起表明，中国新诗与世界诗潮开始了同步的演变和发展"。

新中国成立后，一方面，随着新诗大众化趋势的逐渐加强以及诗人们政治热情的不断高涨，朗诵诗进一步发展为政治抒情诗，贺敬之、郭小川是这一诗体的代表性诗人。另一方面，随着工业化的发展，以"石油诗人"李季为代表的工业诗人为新诗现代化增添了工业化的题材。再者，随着祖国统一的进程，此前很少进入诗人视野的塞外边疆风景、少数民族风情成为书写的对象，扩展了新诗民族化的内涵和外延。

1956年4月，毛泽东正式提出"百花齐放，百家争鸣"方针，为新诗的中国式现代化营造了可贵的开放、包容的氛围和环境。同年8月，为贯彻"双百"方针，中国作协等单位发起了"继承诗歌民族传统"的大讨论，深化了对于新诗民族化的探讨。1957年1月，中国唯一的国家级诗歌刊物《诗刊》创刊，毛泽东在给《诗刊》编辑部的信中肯定和支持了新诗的发展。在贯彻"双百"方针方面，《诗刊》陆续发表了以新诗现代化为追求的冯至、穆旦、杜运燮、唐祈等诗人的诗作,唐湜的诗论,卞之琳的译诗等。

然而,从 1957 年下半年开始,"双百"方针受挫。1958 年,作为新诗向民歌和古典学习的路径尝试,以工农兵为创作主体的"新民歌运动"在全国范围内轰轰烈烈地开展,将新诗大众化推向了高潮,但也迅速落潮。一方面,对新诗主体性的剥夺,使新诗逐渐走向"非诗",口号化的创作模式也偏离了延安文艺座谈会"反对只有正确的政治观点而没有艺术力量的所谓'标语口号式'"诗歌的理论指引;另一方面,脱离现代化的大众化或民族化探索,使得以"新"为特色的新诗不自觉地滑向了"旧"的窠臼。

1965 年,《诗刊》被迫停刊。以穆旦为代表的一部分诗人仍坚持现代化的诗艺的探索,正如王佐良评价穆旦写于 1975 年、1976 年的诗:"他的诗并未失去过去的光彩"。1976 年 1 月,《诗刊》复刊。1978 年 3 月,第五届全国人大第一次会议通过宪法,将"双百"方针写入总纲第十四条,"双百"方针重新得以实行。

1978 年 12 月,《今天》创刊,"今天"的命名本身就带有强烈的现代性自觉。以北岛、舒婷为代表的朦胧诗派继承了现代诗派、七月诗派、中国新诗派等前辈诗人们新诗现代化的经验,并注重对民族传统的吸收,以充满启蒙理想与崇高精神的诗作,恢复新诗的主体性,重拾人性与诗歌的尊严。

1979 年 1 月,《诗刊》社召集召开了全国诗歌创作座谈会。艾青、冯至、徐迟、贺敬之、李季等诗人在会上作了发言,卞之琳、阮章竞等诗人参加了座谈会。座谈会聚焦新诗现代化问题，听取了英美等国诗歌现状的介绍，探讨了诗与民主等议题。与会诗人认为诗人必须使自己的思想、感情和行动适应现代化的要求，既要继承我国的民歌、古典诗歌等优秀传统，也要借鉴外国的一切好东西，努力使新诗达到现代化、民族化和大众化；并提出了重视少数民族文艺创作、儿童诗创作、重视培养青年诗人等建议。同年3月，《诗刊》以《要为"四化"放声歌唱——记本刊召开的诗歌创作座谈会》为题发表了上述会议纪要；还发表了徐迟的《新诗与现代化》一文，认为新时期诗歌工作的重点要转移到社会主义现代化的新诗创作上来。

上述发言和文章，使人很容易联想到中国新诗派在20世纪40年代有关"新诗现代化"的探讨，包括袁可嘉的《新诗现代化》《诗与民主》等文章。1981年，中国新诗派诗人诗歌合集《九叶集》出版，归来的诗人们继续着自己的新诗现代化志业。1988年，袁可嘉的理论专著《论新诗现代化》出版。受"中国式社会主义"概念的启发，袁可嘉还明确提出了"中国式现代主义"的诗学概念，其"在思想倾向和艺术方法两个方面，与西方现代主义有同更有异，具有中国自己的特色"。

到1985年前后，面对西方文化的大量传入和市场经济的飞速发展，以韩东、翟永明等为代表的"新生代"诗人选择了"最能体现时代的样式"，从"现代主义"走向了"后现代主义"。但正如韩克庆所说，后现代主义是对"现代性的延续和调整，它是对现代性弊端的批评，而不是对现代性的终结"。"新生代"诗人的反叛仍然在促进新诗向现代化的方向发展。

　　90 年代诗歌继承了 80 年代诗歌新诗现代化的努力与探索，同时也对 80 年代诗歌的启蒙倾向与纯诗倾向进行了反思。诗人们褪去了英雄的光环或"逆子"的标签，诗歌也隐退到市场经济的边缘。诗人们选择在个人化和日常化的基础上进一步修复、调整现代性与现实、历史、传统、本土的关系，进而构建可持续的新诗中国式现代化路径。如王家新、孙文波等诗人提出的"中国话语场"概念，以及中国新诗派的代表诗人郑敏这时提出的"汉语性"概念等。

　　新世纪以来，随着互联网的逐步普及，网络诗歌迅猛发展，并经历了从诗歌网站到博客，再到如今公众号、短视频、小红书等传播媒介和话语场域的更新与迭代；随着高校的扩招，创意写作学科的发展，驻校诗人制度的形成，《诗刊》社"青春诗会"、鲁迅文学院培训班、网络诗歌课程等来自官方、学院、社会等力量的联合培养，使得新世纪的诗歌创作向更加专业化、规模化的方向发展。

　　2014 年 10 月，文艺工作座谈会召开。习近平总书记谈道，"文艺创作不仅要有当代生活的底蕴，而且要有文化传统的血脉"，同时"必须认真学习借鉴世界各国人民创造的优秀文艺"，并指出"现代小说、现代诗歌等都是借鉴国外又进行民族创造的成果"，强调要以"孜孜以求、精益求精的精神"打造精品，"要适应形势发展，抓好网络文艺创作生产"等，为党的十八大以来的新诗的中国式现代化发展提供了战略性引导。

　　2022 年 10 月，习近平总书记在党的二十大报告中明确提出"中国式现代化"。贺桂梅说："全球性现代文明的危机和人类科技及产业革命，迫切需要探索一种具有想象力的未来发展的可能性。'中国式现代化'是从人类文明史高度提出的新理论，不仅关涉中华民族的命运，也将塑造人类文明史上的新形态。"

以中国式现代化理论为指导，2024年7月，中国作协与浙江省委宣传部共同主办"首届国际青春诗会——金砖国家专场"，来自9个国家的49名外国青年诗人参加，进一步加强我国诗歌和世界诗歌的交流互鉴，以诗歌的形式参与构建人类命运共同体。

同年9月，由《诗刊》社、新疆兵团文联、八师石河子市共同主办的"新诗的中国式现代化道路"研讨会召开。与会诗人在长达一天的研讨中畅谈新诗的中国式现代化议题。老诗人杨牧在发言中希望"中国诗人在新时代找到最贴近时代和人民的语言，创作具有底蕴和新意的现代诗歌"。评论家陈仲义认为"新时代的诗歌，要在继承与薪传的基础上，以创新为最高准则与目标"。

也许新诗永远不会有完美的模型或范式，在中国式现代化的道路上，新诗将随着时代的发展不断创新，永远现代。正如鲁迅所说："北大是常为新的，改进的运动的先锋，要使中国向着好的，往上的道路走。"同样，起源于北大的新诗也是常为新的，总能发时代之先声，引领思想与文化的浪潮。相信未来，新诗也必将在"以中国式现代化全面推进强国建设、民族复兴"的"这一前无古人的伟大事业"中发挥重要的推动作用。

目录

龙小龙的诗

龙小龙（1970— ），四川南充人。现在乐山市某高科技企业工作。高级人力资源管理师。中国作家协会会员，乐山市作家协会副主席。鲁迅文学院新时代诗歌高研班学员。作品发表于《诗刊》《中华辞赋》《星星》《四川文学》《绿风》《诗选刊》等。著有诗集《诗意的行走》《新工业叙事》，散文诗集《自然的倾诉》。曾获云时代·新工业诗歌奖等。

有一种建筑叫作还原炉

排布整齐的团队
从一座座银色的熔炼炉
小小的玻璃窗
可以看到那些燃烧的信念和理想
形成声势浩大的正能量

一座座晶硅还原炉

就是一个一个倒扣的小宇宙
酝酿着万物生机
是的，大凡高贵的品质
都是外表冷漠，内心多情而炙热

俨然岁月的熔炉。当高压下的电极
闪电一般穿透了化合的状态
析出游离态的晶亮
像纯洁的辞藻，沿着火红的诗意
幸福地生长

蕴含阳光的内核

我看见远方的沸腾
也看见远方在静静地等待
等待一种叫作硅片的物质
将一片一片蓝天覆盖在辽阔的水面上
用身体的全部
激活它们构思已久的梦想

一片整装待发的多晶硅
内心热烈地运行着
与伙伴们结盟成整齐划一的团队

每一颗奔突的晶粒
用蕴含阳光的内核
重新定义新时代的渔火星光

主控楼

每一座制造工厂
必然有一幢建筑叫主控楼
就像每一个鲜活的人体
都有一颗大脑，有丰富的神经中枢系统

四平八稳的楼体看不出与众不同
进入它体内，你会看见一座被抽象的艺术工厂
那些工段、车间和岗位
那些在铁与铁之间来回的工人们
历历在目

所有的管道、塔釜、阀门和仪器仪表
幻化成了形式各异的国际符号
每一个字母和数字，都有特定的象征和隐喻
阡陌纵横的经脉流淌着神奇的介质
就像大地江河
流淌着有形无形的白云清风

我们可以不懂它们的运行法则
但可以清晰地感受到
一座钢铁水泥铸造的庞然大物是如此的可爱
均匀的呼吸，有节律的心跳

森林工厂

高远辽阔的天空下
身着蓝色工装戴着安全帽的工人
行走在整洁的厂区道路
与花草树木愉快而自由地交换着呼吸
日子，如此真实和静美
这些身影，为水墨的季节增添了一道景致
宁静，而又不失动感

人们像夸父追日一般匆忙
从球罐区到运行机组，从吸附柱到精馏塔
每天，我在案前与他们平行呼应
从标点到词语，从一个汉字到一个词组
我也会深入到他们中间一起畅游
从此岸到彼岸

这些苗壮生长的工业树
这群精神振作而有秩序的团队组合
钢铁、水泥、绿树、青草
巨大的分子，刷新了海洋的多种存在方式
富氧的森林之国——
真好，梦想在充沛的阳光下拔节
我们的道路
正向远方做无止境的奔跑、可持续的延伸

熔炼

排着队陆续走进熔炉的物料
都是阳光的子民
怀着稻草的朴实，身披泥土的色彩
握手、拥抱，彼此交换身体

它们兴奋地燃烧，发出绚烂的光芒
火焰先是淡红、然后深红
然后又淡红，最后渐渐成为银灰
从炉内走出时，它们像完成学业的学子
一个个容光焕发，内敛而成熟了

它们要去大海，抵达阳光最后的熔炼炉

手挽手站成一片天空
骨子里充盈着燃烧的温度存量
平静的内心里，掀动着蓝色风暴

当我看到这一切，我才猛然明悟了，
生活也不过如此辗转往复
而每一次人生周折
无非是从一座炉倒入另一座炉
去粗存精的熔炼

陈年喜的诗

陈年喜（1970—　　），陕西丹凤人。高中毕业后曾从事矿山爆破工作 16 年。2015 年因颈椎受损离开爆破岗位。后在贵州旅游公司从事文案工作。后到北京皮村的工友之家做义工。2020 年因确诊患尘肺病，离职回乡休养。已出版《微尘》《炸裂志》《活着就是冲天一喊》等著作，获第一届桂冠工人诗人奖，入选《南方人物周刊》"2021 魅力人物·100 张中国脸"。

黄昏时光

太阳下没有新鲜事
小雨天也同样没有
门前的菜地　豆角在努力出苗
连日干旱　它们错过了时机
这是多么平常的时光
平常的黄昏向西边坠去

爱人抱着簸箕挑拣黄豆

雨天无事　　正好准备一锅豆腐

一生被分割为三心二意的人

优劣的分辨让她专注

安静是一面巨大的镜子

映照出一个人一生的尾部

放下簸箕　　顺手拿起脚边的快递

里面是我的书　　她一页页打开

书中的世界是我的世界　　也是她的

书中的生死都是旧事重提

就这样　　我们各自打问生活的下落

四起的暮色将我们淹没

旧诗稿

打开尘封纸箱

我看见了一捆旧稿

它们或被水渍　　或被虫噬

已经面目全非

写诗的人还在

但已经彻底走远了

1999 年是一个节点
活着与死亡各奔东西

往事新鲜于新事
所以往事总被回首
昨天和明天同样遥远
但后者更加触目惊心

峡河的水波在山脚变暖
但石头依旧枕着寒流
如果我不写诗　它们一直安静
但我写了很多年
它们并没有奔腾

抖音生活

抖音正成为乡下生活之一
我们也没有例外　不同处在
爱人喜欢搞笑者的搞笑
我爱好对口型的戏剧
紧锣密鼓间　白马将军生擒孙飞虎
历史和传说　是两个不老的丑角

抖音的尽头是带货
无货可售的乡下那些磅礴的雨
老死山上的野花与野果
以玉米和红薯为主的一日三餐
秋天为冬天降下的白旗
让吝于赞美的异地人伸长舌头

峡河西去五峰南下
春天在陕豫交界处失去方向
经济成为至高的新宗教
不可否认　多少时代的
画面与细节由抖音具体
像对无数地理的认识
从一首诗歌开始

峡官公路

1988 年　有消息说
将从峡河向官坡修一条跨省公路
村里人欢呼雀跃
仿佛昨天与明天提前打通

1998 年春天风和景明

峡官公路正式开工
作为年轻的建设者
第一次领教了炸药的威力
懂得了石头的残酷

一条少有车马的公路
几年之后成为一群青年出省的捷径
我们由此过卢氏　至灵宝
用纯粹的青春换取
秦岭八百米深处的纯金

今天　我用摩托车载着爱人
再次来到草木肥长的岭界
邻省的洛河就在对面闪烁
山体里寻食的人大多散落天涯
公路寂寞　断作三节的腰带
挂满了一年一年的落日

砚台

这是爷爷的砚台
一块材质不明的黑色石头
它的中间凹槽深陷

几乎将底部穿透
爷爷离开于 1984 年
他的小毫在晚年失去锋芒

黑色的确代表了沉默
39 年过去
它再也没有发出声息
以它为墨的字　以它为凭的往事
那些微小的成功与遗憾
都化作了土

今天是小满
地里的玉米又长高了一节
一生热爱孔明的人为庄稼所累
一方没有写出传奇的砚台
时间不能赋予它新的色彩
只能作为同样失败者的有形怀念

刘笑伟的诗

刘笑伟（1971—　　），河北石家庄人。1990 年入伍。毕业于解放军南京政治学院新闻系。现任国防大学军事文化学院副院长。中国作家协会全委会委员、军事文学委员会副主任，《诗刊》编委。第十四届全国政协委员。著有诗集《美丽的瞬间》《表情》等。曾获第七、九届全军文艺新作品奖，第十一届全军文艺优秀作品奖等。诗集《岁月青铜》获第八届鲁迅文学奖。

朱日和：钢铁集结

这是战斗的集群在集结。
在辽阔的、深褐的大漠戈壁疾驰，
翻腾起隆隆的雷声。
犹如夏日的篝火，用暴雨般的锤击，
为祖国送去力量和赞美。

这是战斗的集群在集结。

金属浸透迷彩，峥嵘写满军旗。
中国革命的果实，在我们思想的丛林
扎下深深的根：长征，依旧每夜
在灯光下进行，延安窑洞的烛火
响彻我们灵魂的四壁。

我们是中国军人，
是绿色的海洋，是枪炮所构造的
金属的鸽子，是夏日乐章中
最热烈的一节；是峭壁上的花朵和黄金，
是转折关头升腾的烈焰，
是凤凰涅槃般的浴火重生。
我们守卫着黄河的古老，
守卫辽阔的海洋和天空，
以及敦煌壁画的色彩。
我们热爱的云朵，垂下雨滴
守卫祖国大地上每一粒细微的种子。

这是战斗的集群在集结。
电磁的闪电蓄满山冈，
巨舰驶向深蓝。
我们是深山密林内，大漠洞库里，
直指苍穹的利剑，
是冲击蓝天的极限飞行。

是惊涛骇浪里，潜在最深处的
无言的威慑。我们是神舟，是北斗，
是天河，是天宫，是嫦娥，是蛟龙，
是写在每个中国人脸上自豪的微笑。

这是战斗的集群在集结。
我们是强军征程上，品味硝烟芬芳的
年轻的脸孔；是迈向世界一流的
热切的渴望；是热血开在身体外的
漫山遍野的红杜鹃。
只要有古老的大地，只要有复兴的梦想，
只要有美丽的人流和耸立的大厦，
我们就会永远用警惕的姿势抗击阴影。
只要有祖国的概念，只要和平与爱情，
我们军人的意义就会永远
在大地上流传，绵绵不绝。

石头上的边境线

一块石头
在营区里静静伫立
上面有一条曲折的线
仿佛岁月的年轮

清晰可辨
别人看不懂它的含义
只有这个边防部队的人
才能读懂

这是一条
深深刻进石头里的线
一条承载着朝阳与雪山的线
一条从中可以听到雷霆
看到闪电的线
一条如山川般古老
如大海般年轻的线

这条线
隐藏在营区的一角
一块岩石上
深深的印记
让我触目惊心
这是一道我们边防部队
所守卫的曲曲折折的
祖国的边境线
它被第一代守卫者
刻在石头上
一代又一代边防官兵

用手作笔
年年在上面描红
坚硬的石头上
形成了这道深深的印记

70 年了
这条线从没有收缩过
哪怕是一寸　一毫

军营观月

军营观月，不可忽略
它的前景。铁打的营盘
被一层层汗水浸湿
打磨出凛凛寒光
暴烈的火炮此刻亦变得驯服
炮管略微高抬，指向夜空
一只细小的蟋蟀
触角挑起几缕夜风
将渐渐冷却的炮管
化为绕指柔

这还不够。军营观月

你必须加入某种声音
譬如边境线上
界碑拔节向上的声音
松针与苍鹰对峙的声音
野花攻占峭壁上
最后一块领地的厮杀之声
最关键的是，必须加入
热血在脉管里涨潮的声音
心跳化为战鼓
锤击着天宇巨大的鼓面
让星星溅满夜空

只有这时，它才会出现
尽管浑圆饱满
也要称之为边关冷月
恰似一枚圆圆的勋章
奖励给戍边人
一地散碎的白银
足够远方的亲人
支付所有美丽的夜色

营区之晨

在阳光急行军到来之前
这里只有雾气，散兵游勇般地
在大地上漫游，似乎并不流连于
安宁扎寨

山作为背景，作战地图一样陈列
映衬着棱角分明的营房
似刺刀，内心中饱含着凛凛寒光

军号响起的时候，雾气迅速撤退
大山也增加了高度
太阳如诗，充满音乐的力量
汹涌澎湃，弹奏战士的铮铮铁骨

新的一天以光速到来
携带着金灿灿的汗滴，硝烟般的咖啡味道
兵法般善变的天气也已抵达

移防之夜

只有今夜，我才感觉身如壁虎。
头倒悬着，紧贴着墙壁一角，
身材矮小，面对你和孩子的爱。

你的泪水流成一条青蛇，
一下咬在了我的尾巴上。
我一阵剧痛，尾巴总是要断的——
且让它挣扎一会儿。

你的目光里含有冰块，
不断撞击着我的脸颊。
你向我展示孩子的眼睛，
乌黑，透亮——在我手掌中
变成一粒透明的种子。
我把它揣在怀里，
听到心中有七匹金色的小马驹驰过。
是的，金色的小马驹。
这漆黑的夜晚里空无一人，
只有马蹄声碎。

亲爱的，我挚爱的团队重塑筋骨，
如今，它扇动强劲的翅膀，
将向更高远的地方飞去，
每一片羽毛都要收藏一阵飓风。
亲爱的，你读过《庄子》，
直上九万里，需要巨大的羽翼，
更需要阔大的天空。
我要振翅高飞，实现更高远的梦，
像鲲鹏，羽毛上刻满雷霆和闪电。

失去团队，就如同失去风和天空。
所以，我要走，就在今夜。
亲爱的，我现在就变成一只壁虎，
请你紧紧咬住我的尾巴——
让我剧痛，
也让我重生。

林莉的诗

林莉（1973—　　　），江西上饶人。就职于江西上饶交通运输局。江西省作家协会副主席，滕王阁文学院特聘作家。参加《诗刊》社第24届青春诗会。作品发表于《人民文学》《诗刊》《中国作家》《十月》《花城》等。著有诗集《在尘埃之上》《孤独在唱歌》《跟着河流回家》。曾获2010年度华文青年诗人奖、扬子江诗学奖、江西省首届文艺创作奖等。

灰灰菜

我很想和你说说灰灰菜，说说一株植物
卷缩的内心和夙愿，一条寂静之路送它去远方

它还在等，等更大的一道风沙从
山梁翻过来，等一场风暴翻开它墨绿的经卷

它还在等，等母亲的篮子父亲的犁铧
等一盘俗世的生活被端到异乡人的手中

它还在等，大雨滂沱的二月快快来临
它没有雾中的花蕾和火焰，每一个叶片
比尘埃更低，它在野地安顿下小小的身体

我很想和你说说灰灰菜，说说一株植物
风沙之下也有不为人知的悲伤和情爱

二月已经到来，二月即将流逝
它还在荒芜中奔跑，它随风沙上了山梁

果子落地了

我说幸福、爱，果子落地了——
我说阴影、伤，果子落地了——
我一言不发，果子落地了——

我要到盐津巴布去，到爱的身旁
在空荡的田野上，顺着风或者逆着风
闭上眼睛，缓缓地张开双臂

我要到盐津巴布去，到一枚果子的核
那小小的欢喜和愁，甜浆和苦胆的汁液

路过巴布大街

我正徒手经过巴布大街，一个异乡来客
我已习惯用谦卑的手指记下神嘱的暗语
每一个标点、语气、表情，生涩而柔软
"那么，我们好好在一起吧——"
盐津巴布，我们有足够的理由好好在一起
巴布大街，敞篷大货车、牛肉面馆、卖刀具的男人
杂货店铺、土豆、马桩、一块碎瓷碗片、半滴酥油香
这些草芥、蝼蚁、蜉蝣、漂萍，这些最炫目的人间

遥远的盐津巴布

这是一个人的盐津巴布，遥远的盐津巴布
月亮就要升起，牧马人怀抱新鲜的草料

一匹棕色的小马安静地卧在栅栏旁
更远的草场散落着残雪和马粪

这是遥远的盐津巴布，幸福的盐津巴布
我为什么不能安静下来，我为什么还这样忧伤

满月

如果我爱，我就拿出四种词语
干草垛、空麦田、满月、牧马人

如果我爱，我就让昨日的粮食堆满谷仓
牧马人坐在干草垛旁，明月濯洗石头的城

如果我爱，冰冷之焰在头顶上寂静流泻
一辆马车永无法运送黑夜的荒凉之烛

江非的诗

江非（1974—　　），原名王学涛，山东临沂人。1993—
1998年在解放军海军某部队服役。现任海南省作家协会副
主席、海南省文学院负责人。参加《诗刊》社第18届青
春诗会。著有诗集《自然与时日》《泥与土》《传记的秋日
书写格式》《一只蚂蚁上路了》等。曾获《诗刊》社第二届
华文青年诗人奖、扬子江诗学奖、屈原诗歌奖、丁玲文学
奖、茅盾文学新人奖。

雪人

如果我没有

堆起一个雪人

隔夜之后

那雪地

只能是一片雪白的冰层

给事物以名称和灵魂

是人最大的善心

不在风雪之后的田野上
四处看看
那些没有见过雪人融化的人
都感受不到一颗冰冷坚强的心

冬夜看场

一夜中都是
死一样的安静
半夜时我又起来
触摸那些
摊晒的薯秧

上面的一层
已被寒霜打潮
手摸向下面时
干叶发出簌簌的响声

走回棚舍，又坐在门口
仰望夜晚的星空
寒气中星辰更亮
但更加远离山脊

夜更深时
和身躺下
又听到了大雁
高高的叫声

听到远山中有什么
在一声一声
慢慢地回应
那不像是人的回应

我应该是
多么的害怕
才听到了
这样的回应

一天

一天下午
整个田野安静得像一根钉子
四处无声无息，突然，一把锤子
向钉子敲去
啪的一声
尖头又向内里深入一层

冰面化了
星球加速旋转
茅茨湾河开始再次解缚
带着月光向前涌动
仿佛一头回游的巨鲸
现出水面，微笑
脸朝着轻柔的月亮

雨中古城

刚刚下过雨
地面是湿的
雨伞垂在手中
墙基石上布满了新鲜的青苔
青瓦是绿的
一只白鸟从高处飞来
落在院子里的这棵低树上
树叶可以用手去轻触
树枝需要伸长
去感受这暮色中的宇宙

秋天的月光下

在秋天的月光下
总会有一头吠鹿
光顾茂密的豆田
它小心翼翼
潜入平坦的豆丛
月光下，晃动着
它分叉的鹿角
从一个圆圆的豆荚开始
豆田里到处留下
它慌张的蹄印
有些豆粒撒落
尚未吞入腹内

在秋天的月光下
我们总会为这怕事的动物祈祷
它们胆小，谨慎
有着比我们更深的孤独
它们在月色中跋涉而来
只为尝尝嚼着清脆的豆子

高鹏程的诗

高鹏程（1974—　　），宁夏固原人。中国作家协会会员，宁波市作家协会副主席。参加《诗刊》社第22届青春诗会。鲁迅文学院第21届高研班学员。作品发表于《诗刊》《人民文学》《中国作家》《十月》《花城》《钟山》等刊物。曾获人民文学新人奖、《诗刊》社"百年路　新征程"诗歌创作工程特别奖、浙江省优秀文学作品奖、李杜诗歌奖、徐志摩诗歌奖。

宁波

最早是三条江在此交汇。孕育了一座东方大港
最初的胚胎。
慢慢地，它们承载的帝国的荣光开始沿着
海上的丝绸之路向大海以外延伸。

仿佛它不断变化的名字，这座城市的命运
始终在水中晃动。

那些来自海上的波浪逐渐逼近它的角落里一座
古老的藏书楼。
一艘海上来的船，带来了一座教堂
和一座海关。

一百年多前的烟尘终于散去，终于
这座城市像它现在的名字，
获得了暂时的安宁。
一座教堂和一所海关
与一座古老的书院由对峙达成了一种
微妙的平衡。

接下来的若干年，
它的十字尖顶流下的钟声以及
从窗外传来的汽笛，逐渐替代
那些线状墨格里
古老的河床，完成了对一座城市的浇灌。

但这也是过去的事情
一座教堂，它哥特式的华美穹顶，
毁于最近一次的大火。
如同百年前的那片大潮，
溅湿了木质书库里发黄的书页。
而一座中西合璧的海关，于最近

得到了全面的整修。

对于教堂的损毁，我愿意做这样的表述：它只是
在提醒我们
对于用旧的事物，有必要经过一次火的洗礼，
然后在废墟上把坍塌的信仰重建一次。

而一座崭新的海关则意味着，
一座经过百年风华的城市
已经拥有了吐故纳新的蔚蓝胸襟。

天一阁

高阁紧闭。书库沉默。
架子上的灰尘，比书页更厚。

据说，灰尘下的墨迹里，
藏着比烛光更亮的东西。但也有
我们未曾发现的黑。

依旧在下雨。
雨滴，据说来自古老的易经爻辞，也来自
一个年轻女子的泪腺。

作为一个参观者，我并未读到其中的任何一本。
我没有黄梨洲幸运
也不比钱秀芸更加不幸。

时至今日，所谓善本的标准
将被重新定义。

雨在落。
时间的霉变也从未终结。
一个年轻的生命比发黄的纸页更加脆薄
但架子上的书，依旧保持着无辜的沉默。

终于，它包裹在旧钟里的昏睡
被光线和涛声唤醒。一滴来自海上的浪花打湿了
它书库的一角。

一只发黄书页中的蠹虫
化成了一只蛾子
飞向古老馆阁旁的新柳
在涛声停歇的间隙，兀自震动新生的翅翼。

注：钱绣云，范钦儿媳，为读天一阁藏书而嫁入范家，但终生无
缘登楼。

港口博物馆

桅帆不见。龙骨朽腐。
曾经在海水中荡开的涟漪，已经被置换成了
船木中最深的木纹。

时间如同淤泥。很多事物，只有成为遗迹
或者遗物之后
它的意义才开始闪现——

一叶薄薄的金箔上，依稀还有波浪的起伏
依旧在承担
历史的某种颠簸。

当丝绸在海面上铺展
帝国的荣耀，如晚霞般绚烂而又迅速消逝——
多年后出水的瓷器，依旧闪耀着往昔
珍贵的秘色

远航结束了。而作为远航的愿望还在
依旧有人从被风浪和礁石磨损过的地方
听到了水深之处的召唤

如风。如塞壬的歌声
鼓动着又一艘船，向着未知的水域去重复
古老的冒险。

分界洲岭

候鸟到了这里，卸下了翼翅上的风尘和疲倦。
船队到了这里，修整、补给，
寻找向导和打探水路。
一阵风、一片云脚步踉跄，到了这里
终于兜不住一腔委屈。
于是，便有了一个奇迹：
分界洲岭，一边
是绵绵不绝的雨脚。
另一边，风和日丽，晴空万里。
仿佛此刻，一个借助金属翅膀
来到这里的人的心情。
在岭上徘徊良久，他似乎听见有人说：
人生失意无南北，鸿飞哪复计东西。
有人又说：此心安处是吾乡。
然而生活总会是在别处，远方
永远在远处。

风雨过后，船队完成补给，继续向前。
而岭上徘徊的人，在洗清霜雪和风尘之后
他将像候鸟一样，借助一双金属的翅膀
再次北归，那里，仍有莫测的风雨在等待着他。

注：分界洲，位于海南陵水境内，又名牛岭，北汉南黎以此为界，
南北气候也以此为界，故名分界洲。

归来

海风吹着桅帆
破成分碎片的篷布仍然紧绷
挂满藤壶的船身似黑色的礁石，几乎是钉在大海中

暮色沉重，从桅杆上方滑下
时刻，海面苍茫
只有船身沉重的吃水声和水手们的鼾声此起彼伏

也有没有睡着的
有人在甲板上哼起了吴语小调
有人唱起了越人歌
有人躲在舱内，捧着一纸沾满盐斑的侨批

四野低垂，星汉灿烂
顺着出现在东方天宇的一颗大星眺望
有人似乎看见了万寿塔，有人闻到了刺桐花的香气

有人甚至看见了明州城内的小巷
一扇灯火下
几只圆圆的汤粿，安静地泊在一只长沙窑的白瓷碗里

霍俊明的诗

霍俊明（1975—　　），河北丰润人。博士毕业于首都师范大学中国诗歌研究中心。现任《诗刊》社副主编、中国诗歌网管委会主任。著有《转世的桃花：陈超评传》《雷平阳词典》《于坚论》（"传论三部曲"）等。曾获国家哲学社会科学优秀成果一等奖、中国文联年度文艺评论长篇论文奖、河北文艺振兴奖、首届扬子江诗学奖、《草堂》诗歌奖年度诗评家奖等。

造句法

沉默的时候难挨的宿命就来了
他于委顿中再一次独享了暮色

一只不知名的鸟在茫茫的烟色里
它嫩红色的脚站立于紫薇花梢

他模仿着古人造句——

"闲来孤寂春色掩，紫薇花栖夜鸟寒。"

皮影戏

此刻，正是初秋
我和母亲十几年没有一起走过这样的夜路
宽阔的玉米叶子在身上擦出细响
母亲手中的旱烟忽明忽暗

在场地上坐下来的时候
母亲已经有些气喘
屁股底下的两块红砖
印证了她的疲惫

这里大多是上了年纪的人
缭绕的烟雾
伴随着低声而欢快的问候

小小舞台，白炽灯耀人眼目
驴皮影人，一尺精灵的人间尤物，
夜晚的乡村
充满了呛人的烟草气息

母亲神情专注，双目清朗
这个夜晚充满着水银的质地
沉重而稍有亮色
夏末乡村的皮影戏使我不能出声
哪怕只是一次小小的咳嗽

燕山林场

当我从积重难返的中年抬起头来
燕山的天空，清脆泠泠的杯盘
空旷的林场，伐木后的大地
木屑纷纷……

那年冬天，我来到田野深处的树林
面对的是一个个巨大的树桩
和父亲坐在冷硬的地上
生锈的锯子在嘎吱声中发出少有的亮光

我想应该休息一会儿，坐在树桩的身边
而那年冬天，父亲
只是拍拍我的肩膀
那时，一场罕见的大雪正从天空斜落下来

海边独坐的大象

雨中红土是热带雨林蒸腾的血液
在一个傣族山寨我曾逗留徘徊
接连数日一个庞然大物来到梦中

它有六根泛黄的利牙
浑身散发着钢铁暴晒之后的热气
粗重的鼻息让人昏沉而惬意

有一次它踱到一张土纸上
笨拙的线条像雪山的沟壑
让我去大海那一天一定要带上它

波浪间有万物的骨头
蓝色的梯子既像是开始
又像是结束

微微起伏的背脊
一片又一片镜子的折光
一个又一个即将逝去之物

此刻

没人在意
也没人能分得清
枯木上的乌鸦
河岸岩石上的乌鸦
是不是同一个族类

几分钟前
有人在雪松下缓缓走过
一条灰白的路是被规划好的
有人被一只灰鹳吸引
灰白色的河流挡住去路

总会有瞬间掠过的翅膀
在黄昏中闪着未知的光泽

黄礼孩的诗

黄礼孩（1975—　　），广东徐闻人。毕业于广州艺术学校戏剧创作专业。现任广东省作家协会诗歌创作委员会副主任。1999年创办《诗歌与人》诗刊，2005年设立"诗歌与人·国际诗歌奖"。作品发表于《人民文学》《诗刊》等。著有诗集《我对命运所知甚少》《一个人的好天气》等。曾获第八届广东鲁迅文学奖、2014年凤凰卫视"美动华人·年度艺术家奖"等。

雪落山西

雪从哪里来，我并不知道
遇见你，在雪过天晴的日子
雪的睫毛透出光亮

我只看见，雪的白
在多年前的南方，遇见你
我们没有说话，也没留下电话

若说再见，一定有风吹来
意料不到的声音
这个冬日，大地还有什么礼物
留给那个谜一样的人

细小的事物

我珍藏细小的事物
它们温暖，待在日常的生活里
从不引人注目，像星星悄无声息
当我的触摸，变得如此琐碎
仿佛聆听一首首古老的歌谣
并不完整，但它们已让我无所适从
就像一粒盐侵入了大海
一块石头攻占了山丘
还有那些叫不出名字的小动物
是我尚未认识的朋友
它们生活在一个被遗忘的小世界
我想赞美它们，我准备着
在这里向它们靠近
删去了一些高大的词

大海的文字

大海在你看见时变蓝
宽慰眼睛的蓝
延伸鱼的翅膀
和盐的微笑
它们是对这个不完整世界的爱
抒写着大海的文字
你我是它们最后完成的偏旁
紧紧靠在一起
像人字的两画
靠在我们说出秘密的柱子上

未眠的眼睛

那么小的脸被安慰着
白色的时间
敲打出阳光的酒酱
林中豹子踏着积水
从花的腰间穿过
森林的身影晃了晃

把昨天留在天涯
唯有水滴，自然的音律
那么细小地
为未眠的眼睛睁开

窗下

这里刚下过一场雪
仿佛人间的爱都落到低处

你坐在窗下
窗子被阳光突然撞响
多么干脆的阳光呀
仿佛你一生不可多得的喜悦

光线在你思想中
越来越稀薄越来越
安静你像一个孩子
一无所知地被人深深爱着

育邦的诗

育邦（1976—　　），原名杨波，江苏灌云人。现任《雨花》杂志社副主编。著有诗集《体内的战争》《忆故人》《伐桐》《止酒》等。曾获江苏省精神文明建设"五个一"工程奖、《诗刊》2021 年度陈子昂诗歌奖年度青年诗人奖、中国诗歌网 2019-2020 年度十佳诗人、金陵文学奖、紫金山文学奖、扬子江诗学奖、南京市文学艺术奖、三毛散文奖。

橘子

那只被冻伤的橘子依然挂在枝头。
没人来采撷，从来都没有。

饮冰茹雪，无数黑夜穿过他。
暗淡果皮上开出一朵皲裂的花儿。

他从黄金族类中出走，分离出自我。

季节的弃儿，唤醒一种美。

他是春天的休止符，一个异类。
挽歌中，迷路的孩子永远地失去了家园。

白云与雨水洗涤他的记忆。
山岚与冰霜，为他建造童话城堡。

黑色瞳孔，一口未知的深井。
火苗熄灭，世界堕入寂静。

白河来信

独山馈赠于我
一块黑色的石头

白水馈赠于我
薄暮的眼睑

从你的星辰小站下车
我们来到寂静白夜

你依然是那朵欢快的浪花

49

在我的窗前歌唱

我拿什么馈赠给你
我的蔷薇女郎

我带上青蛙的鸣叫
手持一朵燃烧的云朵

把泪水和鲜血凝结成的珍珠
献给你，我的哑巴新娘

我们带上烧酒与杯盏
骑骡子，上山冈

我们躺在山冈上，喝下
一天又一天的苦涩时光

夜归

夕阳映照在第一块清波瓦片上
随即，成千上万的金色瓦片
便在河面上跳跃，歌唱

天黑下来，一个过河的人都没有
我把船拨到有水草的地方
放下钓竿

秋风起，天凉了
鱼儿们在河床上想着自己的心事
对人类毫无兴致

夜已深，偶有夜鹭掠过水面
我两手空空，空载一船明月
返回我的渡口，我的草棚

广济桥

从南岸到北岸
从北岸到南岸

我们在广济桥上走来走去
辨不出云山与人间的方向

桥下的隐士收起洁白的翅膀
在秋分平衡木上闲庭信步

流水带走断弦人，我们
重返淡墨中的江南苔藓

淘米

淘米，去沙
一碗清水，月亮踞坐其中

关起门，生火做饭
你从窗棂外递来一束薪柴

打开门，我走出去
大雪遗址里，时间闭起嘴巴

你哈气，白云从口中飘出来
我重返羞愧雪层之下

许岚的诗

许岚（1976—　　），四川西充人。中国作家协会会员，眉山市作家协会副主席，成都文学院签约作家，三苏祠博物馆驻馆诗人。鲁迅文学院青年作家班学员。作品发表于《诗刊》《星星》等。著有诗集《中国田园》。曾获第九届中国（海宁）·徐志摩微诗歌大赛铜奖、第十届眉山市苏东坡文学艺术奖一等奖。被授予中国作家协会"深入生活、扎根人民"主题实践优秀作家。

农民诗人

一群诗人。喜欢天天在田间写诗
镰刀、锄头和犁是笔。汗水是墨汁

他们用乡音写。用庄稼写
蘸着阳光写，蘸着风写，蘸着雨写
他们写的诗都很妙。绿油油一行
金灿灿一行，白茫茫一行

雷鸣电闪又一行。最短的一句就一个人
或一个村
最壮阔的一句九百六十万平方公里

他们出版的诗集。有天空这么辽阔
土地这么厚。他们的诗集
鸟读得明白，泥土读得明白
水牛读得明白，丰收读得明白
乡村读得明白
读得最透彻领会最深的是柳街

这么多年了。他们还在柳街的心坎上写
中国的心坎上写。他们就这么一直写着
他们。是他们诗中不眠的一个字，一个词
一句话，一首诗

他们。是柳街剪不断的一柳一柳的
乡愁

青岗油菜花

这里的油菜花。比别处要远古一些
它们，喜欢天工开物，道法自然

喜欢在大地的辽阔之上，辽阔

它们，是天才的油画家
春风绿，河水笑，杨柳腰，麦苗望
是它们最田园的表达

从眉山到青岗。需要转两次车
却只一朵花，一首诗的距离

十万亩深爱

水池村、踏水村、棚村、花园社区……
中国"西部粮仓走廊"环线
十万亩麦田
我的十万父亲乡亲们
我的十万兄弟姐妹们
正在收割机金灿灿的喜悦与忙碌中
完成了一次现代农耕文明与古老农耕文明的接力

粒粒饱满香甜、辽阔无边地
涌入我根系纵横的诗田
赐予我那荒芜断代了多年的深爱
将仁里寿乡的情感予以灌溉

麦田

因钟情镰刀的勤劳、女人的雪亮
在卓克基官寨的一方麦田里。所有的麦子
都竖起了丰收，饱满着乳汁

季夏的风。出奇得温顺而乖巧
它张开凉意丝丝的翅膀，一刻不停地
擦拭着收割人，那汗水盈盈的欢欣

向日葵也和麦子，一起迎着风的方向
一棵棵香甜、清脆地弯下了腰
一瞬间，就弥漫了泥土的心扉

在这茫茫的原野之上
我，虽不是最后的守望者
但终于可以，在我习以为常的收割季之外

第一次，听见了高原麦子
像一个民族
那挺立着生长、匍匐着成熟的善良、庄严

一粒都不能少

自从父亲和母亲
像一粒麦一粒血一样
被装进了粮仓
镰刀。便被挂在了墙上
面壁思过往

镰刀锈迹斑斑的时候
月光。就会将它取下来，磨亮了再挂上
因此。镰刀一直都坚信，有一种血脉
从来都不会荒芜

麦苗柔软发达的根系、锋芒
那是农人对大地取之不尽用之不竭的唠叨

父亲和母亲的子孙
大多数都住进了城里
但还有一些，仍守望在理想的田埂上
一粒麦的香甜，正饱满辽阔地灌浆
他们。用现代农耕文明
与古老农耕文明展开了一场接力赛

镰刀缜密的心思。收割机最懂
纵横驰骋的激战。收割机当仁不让
旮旯地角的细节。就交给镰刀吧——

我们的土地，多么温存
我们的孩子，多么善良
将丰收与喜悦颗粒归仓
一粒都不能少

灯灯的诗

灯灯（1977—　　），原名胡宇，江西上饶人。2018—2019年度首都师范大学驻校诗人。参加《诗刊》社第28届青春诗会。作品发表于《人民文学》《诗刊》《星星》等刊物。著有诗集《我说嗯》《余音》。曾获第九届扬子江诗学奖、《诗选刊》2006年度中国先锋诗歌奖、第四届叶红女性诗歌奖、第二届中国红高粱诗歌奖、2017年度人天·华文青年诗人奖等。

无可说时

无可说时，登高。望远。怀旧。
和雨水翻越一座又一座山
仿佛，山如故人
重逢，不多言
草木沿着山路向上，山雾中
获得钟声的指引，把哀愁化作清新之躯
山下，妇人舂米，僧人说法

抬眼处山石滚动，滔滔的静默
更胜集市的雄辩

——我都懂。

我取水。侧身。为天地让出宁静。

一瞬

柳叶飘向湖面的一瞬。冰层的鱼
露出冰层之上，尾巴的一瞬。
弗里达遇见迭戈的一瞬。
塞拉芬娜画布受伤的一瞬。
伍尔夫到灯塔去的一瞬。

一匹马，在油画上失去分寸
从我眼中疾驰而去

……带回你，新鲜嗓音的一瞬。

颂钵

去问：破窗而入的叶子。云的表情。
去问：分寸之上，火焰激烈，携带海水
行走的人们。

去问，问：
——问那问本身。问：上山的路
和下山的路

是不是同一条。

我歌唱时，万籁俱寂，钵体之上
半弧形的宇宙：

雪在雪山，在喜马拉雅，寂静在寂静中
在尼泊尔
在你尚未开启的双唇

——词的旅程。

立春日

水流，水流之处生万相
云返，云返时正值立春

童音绕梁，燕子飞，布谷催
祖父们从泥土中翻身
芬芳的训诫——

生而为人。

我着春服，明媚。油彩。戏台。
看高山流水，伯牙子期。
望张枣柏桦，鹤飞鹤落。
思嵇康托孤，与山涛书。
忧虞姬项王，四面楚歌。

立春日，我还能是谁：
抱着溪涧，我一跃千里

无可留心时，水又走了一段
无可留情时，云又走了一程

无用之躯

促膝相谈的石头，邀我在清风中坐下
邀我数一数雨
和它们晶莹的心

我被整个空旷的宇宙相拥，被石头
托举的般若，和群山的慈悲
所动容

我认出每一滴雨，都是不肯落下的自身
亲人，众生……

我把清粥泼向黄昏
笔墨掷向山河，我认出，认出了
我们光芒加身
是因为多少次
多少个夜里
我们从困顿中，抹去了"熄灭"这个词
我们看见
石头又一次被铁锤击打，猴子被命令表演
运往他乡，一次又一次……

因了这无用之躯

——我把无用进行到底。

温馨的诗

温馨（1977—　　），四川南充人。在采场工作已有25年。现为攀钢矿业公司朱兰铁矿检修作业区采修大班的一名焊工。四川省作家协会会员。作品发表于《诗刊》《星星》《中国诗歌》《绿风》《四川文学》等刊物。著有诗集《采石场》（四川省作家协会2018年重点作品扶持项目和攀枝花文学院第十届文学创作签约项目）。2020年获得攀枝花文学艺术奖。

那条通往采场的路

从蹦蹦跳跳到气喘吁吁
路，分明是活的

一个胸中有路的人，才能阔步向前
才能在转身之间，瞥见命运的正反面

我的身体里流淌着路，多么美妙

工友说我是一块得了妄想症的矿石

山长水远，路还在脚下延伸
我还在那条通往采场的路上

不长、不短、不宽、不窄，正好可以丈量
——我，采矿女工的一生

冬天，采场上的矿石

冬天的采场
石缝里的芭茅草、电杆上的乌鸦都在寒风中
发抖

只有矿石始终沉默
不遮风，也不御寒，众生沉浮
际遇明明暗暗

采场上的我
也是矿山一块不合格的石头，风一吹
小野心就动一下

就像一块矿石

撞碎另一块矿石的时候，断裂的部分
有均匀细致的纹路

那些碎石子
就是盘坐在矿山的苦行僧，是我内心的流淌小溪
除尘或净心，为我

厂房里的枇杷树

有清甜味传来
像蜜蜂的翅膀，透明、飘逸
厂房里，一棵枇杷树，被一块块铁板
干干净净地掩映

枝叶茂密
看着满是果实的枇杷树
我放下手中的焊把
人生苦短
我应该向一棵枇杷树学习
时不时地给生活一点甜头

摘一颗枇杷，剥开厚厚的外衣
果核上，包裹的那一层薄薄的甜

而它也不嫌弃我那双沾着油污
或者是流着汗水的手

这棵枇杷树没有嫁接
结不了又大又甜的枇杷
而我和工友们却十分满足
我们静静地眺望着
每一眼
都是告白

师傅

师傅不爱说话
却喜欢大声责骂我
学徒期间
他背着工具包在前面走
我就默默地跟在他的身后
他边焊边讲解
我就默默地背诵牢记
鉴于我特殊的运条方法——横行霸道
他气得直跺脚
但最多惩罚我多割几块铁板
然后焊上，再割开，再焊上

师傅偶尔也会和我探讨焊接技术
说说焊缝的材质
说说火焰的性质
说说钢与铁摩擦、排斥、妥协
最后与人互相感知的默契
前段时间，师傅摔了一跤
右半身瘫痪，我给他按摩脚
他想抽回却始终动不了
我给他讲班组发生的事
他张着嘴，却没有发出一个音
今天，我又去了医院
并带上了他最爱的割枪
我放在他的手上、腿上、胸前
我想用割枪割开他身上所有的病痛
让他从病房里走出来
就像二十年前，他在前面走
我在后面默默地跟着

测量

一个大圆圈
聚焦着，他的目光
一次次在银光闪亮的轴套间

行走，寻觅……

游标卡尺，进退有度
在以精细著称的王国里，坐拥勤政
多一毫米或少一毫米
都会被淘汰

细节越来越明亮
他抓出了缝隙间的那一小段凸起
此时，打磨就是唯一的出路

就像一个人
在岁月的圆满中
把自己的德性、修养、言行的光亮
一点点呈现了出来

聂权的诗

聂权（1979—　　），山西朔州人。毕业于山西大学。现任《诗刊》社编辑部副主任兼事业发展部副主任。中国作家协会会员。作品发表于《人民文学》等。著有诗集《下午茶》《一小块阳光》《富春山教》。曾获 2010 年中国·星星年度诗人奖、2016 年华文青年诗人奖、2017 年华语青年作家奖、第五届徐志摩诗歌奖、第二届金青藤国际诗歌奖、第四届红棉文学奖诗歌奖。

春日

我种花，他给树浇水

忽然
他咯咯笑着，趴在我背上
抱住了我

三岁多的柔软小身体

和无来由的善意
让整个世界瞬间柔软
让春日
多了一条去路

浮桥上的月亮

再没有比它更高的浮桥了。
而人们忙忙碌碌，只顾
重复每日脚步。但还是
有人
仰头，注意到
那轮红色的月亮
它竟然那么大那么圆
散发与现实对应的
梦境一样的光彩——
兴奋地，对身边的男孩大叫了一声
把手指向了它

熟悉

立刻就熟悉了。

地铁上，素昧平生的两位母亲
把他们放在相邻的座位上

"我五岁！你几岁？"
"我四岁！"
"我喜欢熊猫
你喜欢什么？"

那么天然的喜悦
茫茫无边的尘世
他们是那么信任对方
易于结识

海口三月

三月的风吹拂。
一阵阵舒爽的湿暖
我们，北方来的身体

三角梅静静地开
随处开
不分春秋冬夏地开
宇宙洪荒里天荒地老地开

安静的万物中藏着生命
生生不息的巨大的燃烧的轰鸣
活得艳丽而炽热的三角梅
是铺天盖地的扩音器

那些年吃过的圆白菜

那些年吃过的圆白菜
结实、饱满、闪着青白莹润光泽

不知从哪里来的，一颗颗
微笑着走进刚步入城市的清贫之家

有各种吃法，最美味的
一种：酱油醋和盐
拌了，腌一会儿

咬来清脆，酸爽里
弥散微微的甜

那些年，它们
都经过母亲的指尖

李松山的诗

李松山（1980— ），河南舞钢人。小时候因病致残而辍学。现以放羊、种地为生。参加《诗刊》社第 36 届青春诗会。著有诗集《羊群放牧者》。因诗歌登上《诗刊》头条而被央视新闻综合频道《24 小时 今夜面孔》栏目报道。获《诗刊》2019 年度陈子昂诗歌奖年度青年诗人奖、第十二届丁玲文学奖诗歌类新锐奖、《星星》诗刊"第二届全国十大农民诗人"等。

我把羊群赶上冈坡

——给量山

我把羊群赶上冈坡，
阳光在麦苗上驱赶露珠。
我用不标准的口号，
教它们分辨杂草和庄稼，
像你在黑板上写下的善良与丑陋，
从这一点上我们达成共识。

下雨了，你说玻璃是倒挂的溪流，
诗歌是玻璃本身。
你擦拭着玻璃上的尘埃，
而我正把羊群和夕阳赶下山坡。

两只羊

他不知道她名字，
甚至不知道她的年龄。
两群羊在午后的河滩合为一处，
它们犄角相抵，以消除彼此的陌生感。
她不看他。她低着头翻书，
像只羊寻找可口的草。
他不说话，他用藤条敲打着石块。
夕阳快落山的时候，她合上书。
寂静的河滩响起一串银铃般的唤羊声。
他拼命抽打草地上他自己的影子，
像抽打一只不够勇敢的羊。

自画像

可以叫他山羊，也可以叫他胡子。

在尚店镇李楼村

他走路的样子和说话时紧绷的表情，

常会引来一阵哄笑

如果您向他谈论诗歌，

他黝黑的脸上会掠过一丝紧张，

他会把您迎向冈坡，

羊群是唯一的动词。

它们会跑进一本手抄的诗集里。

说到风，他的虚无主义；

会掀翻你的帽子，揪紧你的头发。

你可以站着。或者和他一起坐在大青石上，

而他正入神地望着山峦，

像坐在海边的聂鲁达，望着心仪的姑娘。

雨的潜台词

她双手托着锅盖有节奏地抖动，

豆子哗啦啦落进筛子。

父亲去世后，全家沉浸在悲痛之中

神情恍惚的她倒先安慰起了我们

五七刚过，她就催促大姐和二弟，赶紧上班，

照顾好各自的家。

两年了，她平静地收拾着家务，

门前的菜园里，
依然种植着父亲喜欢吃的线辣椒……
现在她又在拣豆子，
豆子顺着锅盖，哗啦啦落下来，
仿佛滂沱的雨被她接着。
她身子向前微倾，试图把那雨声压到最低。

九月的冈坡

一棵法桐傻愣愣地站着，
无动于季节的反抒情。
蛐蛐在低矮的草丛弹唱，
虚拟宏大的声乐宫殿。
有人在微信上谈论艾米莉·狄金森
——一位把自己封闭起来的天才诗人
她的笔尖在草纸上，
划出一道短促的闪电。
你从传述中起身向窗口探视。
野麻和青蒿被清澈的水带走。
九月的积雨云散后，
羊群扯下云朵的棉褥。

郑小琼的诗

郑小琼（1980—　　　），四川南充人。2001 年到东莞打工。
2008 年调入《作品》杂志社任编辑。现任《作品》杂志社
副社长、广东省作家协会诗歌创作委员会主任。参加《诗
刊》社第 21 届青春诗会。著有诗集《女工记》《玫瑰庄园》
《郑小琼诗选》《纯种植物》《人行天桥》等。曾获人民文学
奖、《诗刊》2020 年度陈子昂诗歌奖青年诗人奖、庄重文
文学奖等。

进山

一路上，我们谈论山道上的栎树林
在浓密的雾间，它们安静而肃穆
我伸长手臂测量它们的直径
藤蔓从它们的躯体垂了下来
我们谈论寂静中空空荡荡的灵魂
山道摇晃的树枝，路旁孤独的石头
我们谈王维空灵的诗、道与诸子

山水画的意境，空白处的禅意
远处的山谷与幻象的白云、流水
辨认山道边的茱萸、木槿、野山茶
我们谈论它们的习性与功能
沿通往山寺的山道，只有安静
在山道间悬挂有力的安静
此刻，几只鸟飞向不远处的栎树林
它们的叫声，仿佛伸长枝杈的栎树
蓝色的雾从对面的山头漫了过来
我们把鸟鸣留在背后静寂的栎树林

朝露

朝露沿松树洒落在苦艾叶上
群山安稳地从两边耸起
山口：起飞的树，凝固的寂静
两颗孤独的晨星陨落在寥廓中
我们坐在松树下，没有出声
三五颗松针落在我们的头顶
几声鸟鸣被雾气淹没、融化
空气像浮冰，纯粹而干净
宁静从松枝悬挂下来
远处的河流在早晨的灰色间

它泛白的水面闪着雾与光
一枚松果落在我们怀中，你说
它在测试我们内心的孤寂
此刻，我们坐着，谈论沉重的肉体
禅、露珠样短暂的浮世，不远处
栎树林将它们的身体涌向山顶
几棵野花把身体俯向大地

溪边

在溪边，我以为波浪是永恒的
它们日夜流淌，发出古老的声响
又迅速地扑向岸边，缓缓消逝
江风吹拂过洋槐树与风信子
薯草摇曳春天的幻影
闪亮的空寂在江面颤震
栎树林的上空飘过一朵心形的白云
一小块野葡萄林站满江边的山谷
几棵尾叶桉树让我着迷，它们树皮剥落
白色的躯体仿佛我胸中的块垒
塞楝树与南洋楹投下浓重的阴影
油茶与吴茱萸兀自站在坡地
一棵折断的紫薇把树枝伸向

溪边的蕨类与荆豆丛，遥远的山谷
牛啃食野草，一小块荒芜的菜地
只剩下芭茅与芒草，几棵曲柳
停着灰脖子的鸟，用叫声传递春天的弧度
我在江边寻找那些无形的波浪
那合拢的碎浪间有一股谦卑的力量
从瀑布折进溪流，注入江河
那山间狂野的硬汉变成沉默的渺茫

鸣春谷

我思忖群山的声响、山谷的青烟
摇晃的月色、舒展的水仙……它充盈的鸣叫
水用波浪擦拭灰尘、流云，我胸腔积满
难以成长的草木，寺院的钟声，石缝间的蕨类
蝉的薄翼，流水深处老朽而陈腐的群星
我试图理解山谷湿润天空里的灵魂
凤凰木长豆荚内的语言，植物们变迁时
倾斜变形的倒影，动物们沉寂的肉体
在荒蛮的空寂虚荡后浑浊的欲望
火焰的瞳仁中闪烁一种新的听觉
那些克制的光与影，在断枝与灵魂的交叉处
反光、抽条，它们的声音，阴郁而沉闷

紫荆豆荚里的空旷炸裂，危险而耀眼的长叹
穿过树影悄然投在溪间的石头上
月光敲击水波与石头的颗粒
山谷嫩黄色的声音被落花传递到很远
我坐在溪边倾听寂静恢复它本来的模样

独坐

迷失在松树丛林的灰寂中，青苔的石阶
延伸山色清晰的意义，几只萤虫
在灌木丛狭小的空间里跃动，松树枝
压低夜色赋予山谷纯粹的静穆
发烫的松涛孕育沉深如墨团的风景
我的胸腔堆满灯台树、岩石、溪声、蛩鸣
一株株梅花向我递来未知的氤氲
我孤身一人面对短暂而片面的冬色
山间青葱的月光切进桃花溪边的竹林
溪边的石头落满紫烟，栎树枝的黑影潜入
我动荡不安的内心，秋风讲述道法自然
万物都沙沙地呈现它们细小的灵魂
深夜，在无人的幽谷林间小径独坐
明月孤悬山间一隅，秋山朝我涌来
我日渐空阔的身体变成巨大的容器

静寂的白云山和不远处繁华的羊城
它们都被我藏进怀中

熊焱的诗

熊焱（1980—　　），贵州瓮安人。现为中国作家协会青年工作委员会委员，成都市作家协会主席，成都市文联副主席，《青年作家》《草堂》执行主编。参加《诗刊》社第23届青春诗会。著有诗集《时间终于让我明白》《爱无尽》《闪电的回音》《我的心是下坠的尘埃》。曾获《诗刊》2020年度陈子昂诗歌奖青年诗人奖、第五届茅盾新人奖、华文青年诗人奖等。

在花楸山午读

临窗读书，如同在云上眺望渺渺星河
句子里掠过耀眼的闪电
纸张的背后全是雷霆的回音

群山绵延，寂静的坡岭正在收纳着
渐渐下沉的夕光。就像书读到动情时
停下来掩卷长思，心里落满生动的字迹

这样的时刻，是风匍匐于茶园
枝头的嫩芽，将在沸水中找到生活的真理
是飞鸟越过山巅，回荡在树梢的鸣叫
一滴滴如露水，接近于星辰的晶莹

陪着我的，是一盏红茶和窗下的虫吟
当我起身往水壶烧水，我指尖上文字的热
高于壶中滚烫的水温。我突然理解了
活着，是灵魂不断加热的过程
就像我理解了窗外层叠的群山
恰如我手中的书卷。大地草木蓬勃
命运阴晴圆缺。而深邃的天空仿佛大海的倒影

日常

人群奔涌着，就像是刚从梦中起身
这忙碌的一日，重复着一种出海似的颠簸
我从人群中穿过，正如船只分开水滴
时间分开昼夜。四周高楼如林
而命运始终是深邃的大海
风暴一直都在，我们却常常忽略了自己
正置身于沸腾的漩涡

回乡偶书

夜里我喝醉了。岁至中年
酒，是一种浓度最高的乡情
我在院子边眺望天际，风拉紧了我的衣袖
像是要与我叙旧。檐下的灯光跟过来
如同坚冰在大河中消融
父母坐在门槛边说话，谈论着今年的春耕
年过古稀了，他们还在种地
不完全是为了生存，而是出于生活的惯性
夜深了，我直起身摇摇晃晃地往回走
生平第一次，我不为饮醉而自责和痛苦
多好啊，今夜我无需在酩酊中寻找归途

重逢

恍若另一个世界，这分别的二十年
是一段通向深渊的泥泞。我们已岁过四旬了
想起二十岁的夏天，我们三个骑着摩托车
穿过月光下的乡村，一则岁月曲折的梦境
我身后的女孩，用温软的身子紧贴着我的后背

一种加速的张力，给我大海上颠簸的眩晕
月光仿佛洁白的婚纱，我差点就向她表白了
夜那么长啊，命运带着我们各奔东西
他把乡村教室的三尺讲台，走成了
微光摇曳的蜡炬。我穿过尘埃飞扬的青春
抵达中年的沼泽地。那月光下的女孩
已从一道窄门经过，失散于人世
这是壬寅年正月初四，我和他重逢于旧地
哦，时间一直在拐弯
风提着刀子，天空降下霜雪
而那些远逝的日子已成为一种昭示：
人生从无重逢，不过是在相聚中
一次次地练习永诀

时间留给我的

有时我穿过古镇的石板路、幽深的巷子
记忆是一种恍惚的错觉，仿佛正是我
在经历着那些往事中的荣光与衰落
有时我经过古遗址的废墟，断墙斑驳
泥土沉默。历史中有一种苍凉之美
人世间有一种繁华过后的沉寂
有时我回到故乡，看到田里稻谷金黄

就像世居于此的人，低垂着丰盈的灵魂
有时我在一壁爬山虎的墙院前停留
藤蔓悠长，就像梦境长于岁月
生活需要这样一种纠缠不休的交集
有时我参加亲人的葬礼，那告别的场景
又何尝不是我们在死亡时的提前预演
有时我在黄昏遇见迟暮的老人，沧桑的脸
近得宛若我在中年后加速向前的暮年
远得宛若退潮的大海卸下了浪高风急
有时我喜欢独自走向远方，身后跟着
星辰与日月。长路给人颠沛流离
命运给人悲欣交集，时间留给我的
除了爱，便只剩下生死

胡桑的诗

胡桑（1981—　　），浙江德清人。同济大学哲学博士。德国波恩大学访问学者，中国现代文学馆特邀研究员。现任同济大学中国文学中心副主任、诗学研究中心副主任。著有诗集《时间标志》《赋形者》《亲自生活》；评论集《隔渊望着人们》《始于一次分神》。曾获《诗刊》2012 年度"诗歌中国"青年诗人奖、江南诗歌奖、上海市民诗歌奖、柔刚诗歌奖。

北茶园

一个地址变得遥远，另一个地址
要求被记住。需经过多少次迁徙，
我才能回到家中，看见你饮水的姿势。

不过，一切令人欣慰，我们生活在
同一个世界，雾中的星期天总会到来，
口说的词语，不知道什么是毁坏。

每一次散步，道路更加清醒，
自我变得沉默，另一个我却发出了声音，
想到故乡就在这里，我驱散了街角的阴影。

"我用一生练习叫你的名字。"
下雨了，我若再多走一步，
世界就会打开自己，邀请我进入。

久雨夜读

雨回到江南，犹如异客。
我隐身于一本清朝的诗集，
与诗一起出走。故乡很远，
两百里公路，我从未涉足。

杨梅顺从时间，日益变肥。
我返身，一种坚固的修辞
迎面而来。它扶着一个敏感的
灵魂。格律如河水，从唐朝

流到晚清，但洗不掉栀子花上的
工业尘土。我和雨声，一并

跌进往事。孤独能否在绝句里
保持尊严？"爱"走在聚丰园路上，

患得患失，而长安的夫妇像琴声
点到为止。我有理由相信，直到
十八世纪，古人的生活像檐滴一般
富于节奏。白天平，晚上仄；

与兄弟对仗，与情人比兴。蚊子
被挡在繁体之外。固体的象形文字
建筑起山水，才赋，和坚固的悲痛。
但那些幻影的作者，已丧失了属性。

典故早就枯萎，历史已被污染。
紫外线漏进简化的汉语里，切割不朽。
但聚丰园路分明是条快乐的街道。
我饮酒，聚散，循环，完成自己。

赋形者

——致小跳跳

尝试过各种可能性之后，
你退入一个小镇。雨下得正是时候，

把事物收拢进轻盈的水雾。

度日是一门透明的艺术。你变得
如此谦逊，犹如戚浦塘，在光阴中
凝聚，学习如何检测黄昏的深度。

你出入生活，一切不可解释，从果园，
散步到牙医诊所，再驱车，停在小学门口，
几何学无法解析这条路线，它随时溢出。

鞋跟上不规则的梦境，也许有毒，
那些忧伤比泥土还要密集，但是你醒在
一个清晨，专心穿一只鞋子，

生活，犹如麦穗鱼，被你收服在
漆黑的内部。日复一日，你制造轻易的形式，
抵抗混乱，使生活有了寂静的形状。

我送来的秋天，被你种植在卧室里，
"返回内部才是救赎。"犹如柿子，
体内的变形使它走向另一种成熟。

远眺大海光明的水面

我们在眉宇间对称。
岛屿间幽蓝在传递深渊，
至暗时刻，人们飘荡在风里，
像旧麻袋呼呼作响，
却听不见彼此的哀伤。
海水注入我们的灵魂，凝聚为沉默，
每个人的眼睛反射着自爱。
深邃的争执。深邃的不争执。
我们在海面上宽恕了几道裂缝，
深流涤荡尽草木间的错会。
唯有玄鹤衔珠而飞。
那耀眼的、在海面蠢蠢欲动的鹤，
敲碎一个满是口角的季节，
让老灵魂遇见新灵魂，
固执地抛出一个个早晨，
等待让光把我们变得透明。
巨浪开始远眺岩丛里的是非，
手指长出漩涡，成为倾听他者的耳朵。
我们终于愿意敞开，
芬芳如刚刚剥开的橘子。

迁移

我几乎爱上了这个地址，
但我知道，
痛苦如此精确，
裁剪出那么多疲惫的岛屿。

路边的旅馆教会你沉默，
就像一滴落入裂缝的水。
无尽的漂流，
每一个地址都偏移燕子的到访。

那些树，多么奇异，
生长在秋冬的空气里，
在同一个地方领受回去的路。

一个囚禁于生活的人
被遣送到了希望的边缘，
依然试图醒来，
在星期一的下午，
在一条陌生的路上，
受雇于残缺的影子，

看见了另一条街在等待，

"难道你不应该游憩于那里？"

鲁娟的诗

鲁娟（1982—　　），彝族，四川凉山人。现任四川省作家协会人事部主任。中国作家协会会员。参加《诗刊》社第 38 届青春诗会。著有诗集《五月的蓝》《好时光》《鲁娟的诗》《欢喜》。曾获第十一届全国少数民族文学创作骏马奖、第九届四川文学奖特别奖、第六届四川少数民族文学创作优秀作品奖、首届四川省十大青年诗人、第六届徐志摩青年诗歌奖等。

拉布俄卓①

太阳垂爱之地。
流淌金色的光线、金色的语言
和从十六个方向赶来宠她的金色人群
每天如大海般汹涌
母语鼎沸，人头攒动
金色波浪一阵高过一阵

---

① 拉布俄卓：彝语，即四川大凉山西昌。

金黄的节奏不知停歇
邛海和泸山光影交错
直到，傍晚的天空下站出我的母亲
你的母亲
——
那片土地太多隐忍女人中的一个！
因为她们，金色的浮躁得以消解
拉布俄卓的一天完美落幕。

姑娘们

她们轻易带来明晃晃的夏天
所到之处，
一丛绿爬上一丛绿
一寸新鲜追上另一寸新鲜
从林间到河岸
从玉米地到打麦场
没有任何来由地大笑
婀娜的腰身左右摇摆
河水一次比一次涨高
鸟鸣一阵高过一阵
害羞的少年因此拐早了弯
她们依然一遍遍大笑

没有来由，停不下来
与好脾气的秋天撞个满怀
一不小心，露出三三两两的花头巾。

夏夜

一个夜晚，甜蜜的汁液溢了出来
母亲在左，女儿在右
月光把她们染得银亮
晚风送来花朵的暗香

母亲念我乳名时
我也在念女儿乳名
女儿大笑时
母亲也大笑

我躺在她俩中间
左边慢慢枯萎，右边渐次盛开
一条永恒通道连接我们
连成奔涌不息的长河

三条看不见的河流
在我们体内汩汩流淌

菩萨赐给三个女人整夜的清凉
三朵睡莲在黑暗的湖中微微荡漾

山中

从泥土里新鲜取出的索玛花
由一个男孩双手捧着
他的眼睛清澈，没有经历过失败和破碎
像一匹刚出生的马驹
或一头闲逛的小鹿
经过我，被我经过

这普通得不能再普通的清晨
这山野，这洁白，这清澈
立即修复了我，仿佛从未经历失败和破碎
轻微的战栗从脚底涌至头顶
令我随时做回一只云雀自在鸣唱
或一股清泉静静流淌

石子

到如今，我早已平静如水

如传说中高深莫测之术

风吹不乱
雨过也不惊

或许因为正老去
而又不仅仅因为正老去

这些安静，更多是
爱和宽容带给我的礼物

的确，还有一些石子
在心湖间荡起圈圈涟漪

都是那些小家伙们扔的
她们是天使，她们爱折腾

她们迫使我一遍遍重新生长
她们让我在游戏中高声尖叫

张二棍的诗

张二棍（1982——　　　），原名张常春，山西代县人。山西省地勘局地质队员。中国作家协会会员，中国自然资源作家协会主席团成员，武汉文学院签约作家。参加《诗刊》社第31届青春诗会。2017—2018年度首都师范大学驻校诗人。著有诗集《入林记》《搬山寄》等。曾获《诗刊》2015年度陈子昂诗歌奖青年诗歌奖、茅盾新人奖、闻一多诗歌奖、《长江文艺》双年奖等。

圣物

多年前，也是这样骤雨初歇的黄昏
我曾在草丛中，捡拾过一枚遗落的龙鳞
我记得，它闪烁着金光，神圣又迷人
它有锋利的边缘，奇异的花纹
我闻到了，它不可说的气息
我摩挲着它。从手指，一阵阵传来
直抵心头的那种战栗。我知道，我还不配

把它带回人间。甚至此时，我都不配向你们
述说，我曾捡拾过一枚怎样的圣物
我又怎样慎重地，将它放回草丛。我目睹
一队浩荡的蚂蚁，用最隆重的仪式
托举着这如梦之物，消失了

独坐书

明月高悬，一副举目无亲的样子
我把每一颗星星比喻成
缀在黑袍子上的补丁的时候，山下
村庄里的灯火越来越暗。他们劳作了
一整天，是该休息了。我背后的松林里
传出不知名的鸟叫。它们飞了一天
是该唱几句了。如果我继续
在山头上坐下去，养在山腰
帐篷里的狗，就该摸黑找上来了
想想，是该回去看看它了。它那么小
总是在黑暗中，冲着一切风吹草动
悲壮地，汪汪大叫。它还没有学会
平静。还没有学会，像我这样
看着，脚下的村庄慢慢变黑
心头，却有灯火渐暖

我用一生，在梦里造船

这些年，我只做一个梦
在梦里，我只做一件事
造船，造船，造船

为了把这个梦，做得臻美
我一次次，大汗淋漓地
挥动着斧、锯、刨、錾
——这些尖锐之物

现在，我醒来。满面泪水
我的梦里，永远欠着
一片，苍茫而柔软的大海

暮色中的事物

草木葳蕤，群星本分
炊烟向四野散开
羊群越走越白
像一场雪，漫过河岸

这些温良的事物啊
它们都是善知识
经得起一次次端详
也配得上一个
柔软的胖子
此刻的悔意

无题

风是干净的，风吹过岩石的时候
岩石也净了。露珠滑过草木
悄无声息。落在泥土里，消弭得
干干净净。一个满面风尘的人
在清溪边，坐了会儿
他想俯身，洗一把脸，却从溪水中
听到了，星辰走动的声音

王单单的诗

王单单（1982—　　　），原名王丹，云南镇雄人。现任职于云南省文联。中国作家协会会员，云南省作家协会诗歌创作委员会副主任。参加《诗刊》社第28届青春诗会。作品发表于《人民文学》《诗刊》等刊物。著有诗集《山冈诗稿》《春山空》《花鹿坪手记》。获首届《人民文学》新人奖、2014《诗刊》年度青年诗人奖、2019年度陈子昂诗歌奖脱贫攻坚特别诗歌奖。

加拉尕玛的黄昏

今晚的月亮有点小，像天上的孤村
只住得下一个人。她能否下来
陪我在加拉尕玛的草原上走走啊
我刚刚离开人群，也是一个人
我翻越了很多山丘，担心
返回时，身后的城市已经熄灯

梅里雪山

无论站在哪儿，只要抬头
都能看见梅里雪山
它像一颗巨大的心脏
被谁托起送进高空里

它以积雪为肤，巨石为骨
每时每分，山顶雾霭缥缈
那是神山在动
在呼吸，在注视着芸芸众生

藏族诗人扎西尼玛，出生在
梅里雪山下的明永村
长大后曾为雪山管理员
常年匍匐在雨水中
心甘情愿，做它的仆人

他指着明永冰川下的岩石说：
"最高我们只到那儿
1991年登山队殉难那天
藏民们一边反对，一边为他们祈祷

可最终，神山还是发怒了。"

我终日游荡在雪山下，偶尔
也看见，阳光喷涌着穿破云层
泼洒在它的主峰上——卡瓦格博露出
坚硬而又锋利的山尖，金灿灿的
就像空中乍现的通天塔
有一种庄严和肃穆，让你放下身段
低下头，皈依在它的道场中

到过梅里雪山的人，一生都会激动
在这里，大地用尽了舒展与平坦
他们亲眼目睹，它站起来的样子

雪山旅馆

旅馆餐厅的落地窗
正对着梅里雪山。从那儿
可以清楚地欣赏到
"日照金山"的壮丽景观
清晨，游客一拨又一拨地涌过来
拍照留影，纷纷赞叹着
它预示的好运

人群之中，似乎
每个人都是自己的主峰
却无人察觉
隔夜的寒意，已在我们身上
悄然添了一层薄雪

过明永村，兼怀马骅

空荡荡的操场边，桃树兀自结满果子
他在那里写下《桃花》：
"一只漆黑的岩鹰开始采摘我的心脏"

二十年前，诗人马骅离开上海
只身来到德钦县明永村支教
带着 26 个藏民孩子
建房，种菜，学习汉语。后因车祸
跌入澜沧江中，至今下落不明

不要找了，这江上的波涛
像一座座涌起的坟，每一堆
都在争着收留他的魂

不要找了，就像悬崖悬挂在悬崖上

王
单
单
的
诗

冰川冰葬在冰川里，我们何以能找回
自己消逝的部分

为了纪念他，当地人在江边
建了一座空空的白塔
马骅先生，辛丑年六月初九
我在塔前，为你点燃一根软珍
并静静地看着它化为灰烬

写诗有时像捉泥鳅

很久没有写诗了。今早
却被一首诗从梦中叫醒
它潜伏在意识的浅水中
像是受到某种惊吓
当我刚睁眼，它便
突然搅起一小团浑水
扎进我身体的泥污中
而我也不甘心
在记忆中反复刨开自己
而它也总是时而露出
墨绿色的背脊，时而露出白色的
肚皮，时而在沼泽中吐出两个水泡

时而又若有似无地滑出
我已探入泥淖深处的手心
我还是抓不住它
但我没有死心
我总是盯着那个被我刨得稀烂的泥坑
——它在我的身上，很深
集满浑水。我有足够的耐性
等它再一次澄清
等它自然而然地出现在
某片安静的水域

彭敏的诗

彭敏（1983—　　），湖南衡阳人。本科毕业于中国人民大学中文系，硕士毕业于北京大学中文系。现任《诗刊》社编辑部副主任。曾获 CCTV 第五季中国诗词大会冠军、第二届中国成语大会冠军、第三届中国汉字听写大会媒体竞赛团年度总冠军、人民文学短篇小说年度新人奖等。著有随笔集《被嘲笑过的梦想，总有一天会让你闪闪发光》《曾许人间第一流》等。

一场雨　一场说大不小的雨

张开伞骨。细微的坡度使行人和雨水
向一侧倾倒。事物残坏的部分
停止了交谈。这么多马达在雨中
轰然炸响，这么多肉体解除了

最初的紧闭，又被无关痛痒的事物
草草填满。一场恰如其分的雨，不明朗

不阴郁，磨损着北方上天菲薄的恩典
但不负责滋润农田和心田。雨水像生锈的

铁钉，反复楔入裸露着的事物。干燥的人
把自我储存在屋檐下，一场雨背后
是另一场雨，他们的愿望简陋，局促
像进入煤道后的漫漫长途。他们跳着，叫着

如同车轮饱满的内胎，在玻璃碴上尽情地
呕吐。像那些居无定所的候鸟，远道而来
在雨中变换身份和嘴脸，练习着爱上陌生的
一切，几乎就要得逞。而雨水沉重飞翔的分量

有时将他们吸进一些弯曲的洞穴。那里
幽暗的主人笑出闪光的牙齿，淘气，凶残
活着，就咬紧自己应得的一份。雨水在阴中
聚集。高蹈者暗暗回到低处。向晚的钟声是另一场雨

吹打着远近的楼群，低空中含满鸽翼扑动的声音
其中的一只，飞到人前，却又背过身去
缄口不语。只是一道雷电的邪恶曲线
才让它在一飞冲天的同时惊叫连连

彭
敏
的
诗

春天，树木飞向他们的鸟

——给何不言

花事横斜，鸟声低小
这是白日放歌的好时节
我们柔软的呼吸，在清浅的草丛中
款款吹拂，恍若静雷

湖水参差，微风徐徐
我们的微风，走过湖面，走过树梢
风中涌起的尘土，光芒舒缓
宛如暮色里动荡的星辰

我们的村庄，花事横斜
起灭的云霓舒开广漠的疆界
我们浅浅的春天，摇曳如风中的蛛网
美好的事物漫天飞舞，我们守在暗处

回首往事

回首往事已不能令我感到痛悔。留在地板上的污迹

自会有人清理。已经发生的，不妨继续发生
是一次次火中翻滚，让我学会静观其变
是漫长而单调的回环，使我注意到沿途的瘦风景

我眺望着的地平线，和我离弃过的那些地方
并无不同。正如，在大地的滋养之下
饱胀起来的果实，终将落回大地深处
我向前迈出的每一步，也在无限接近

某个隐秘的故园。雪渐渐深了。风越是堆积
我怀里的火种就越是四处流散。风雪中，一些比青草和淡水
还要柔软的事物，开始在倾斜的角落
悄悄聚集。我伸出微小的触角，探测到

某种隐秘的可能性，但我沉默着，封存我
仅有的光泽——不合时令的绽放只能使我
更加虚弱。好在，未知下场的前驱已把围墙上好些玻璃尖
磨平了棱角，使我敢于赤身裸体地继续攀登

晨曲：十二月

黄昏失手打翻的砚台
被黎明沿街收拾干净

月光下的少女手捧枯枝站在村庄一角，穿过人行道
我看见她们长发当风抓住什么就把什么抱紧

金黄的阳光涨满了鸟巢
这枯枝掩映的心脏
早在某个雷霆的夜晚
就被一场大雨秘密掏空

竹林奋拉着头颅，奋力撑起天空
一只黑鸟突然射向云端：
我打了个喷嚏，迅速掖紧衣领

一夜的丧失能够带走多少不堪回首的过往？
看这晨曦中幸存的城市多么寂静。不用放眼四望：
大雨过后，街道两边已是空无一人

茱萸的诗

茱萸（1987—　　），江西赣县人。同济大学哲学博士。现任苏州大学文学院副教授。中国作家协会会员，江苏省中华诗学研究会副会长。参加《诗刊》社第 31 届青春诗会。著有诗集《仪式的焦唇》《炉端谐律》《花神引》《得体》，随笔集《浆果与流转之诗》等。曾获 2013 年青年作家年度表现奖、江苏省第六届紫金山文学奖、2009 年中国·星星年度诗人奖等。

返乡道中作

跟老友和新相识道别
结束数日的出游
坐上了回家的列车
我已经有近十年
没在这个时候返乡了
这几年我离它越来越远
对那个故我也越来越陌生

现在我的对面是一对母子
年轻的母亲盯着窗外的
斜阳和南方初来的秋意
婴孩大概不到一岁
摆着一个放肆的姿势
躺在座位上睡得很香
丝毫感受不到我的伤感
日光透过窗子铺洒在
他白嫩的脸蛋上面
恍若瓷器上的那层薄釉
他享受着这静谧仿佛
接下来要纠缠其一生的
喜乐、欲念和忧患
都与他没有任何关系

想象陈子昂

——为一次未成的射洪之行而作

我想象自己能有这样一次旅行：
从上海或苏州，搭乘航班或高铁
到成都，再登上赴射洪的汽车。
相比细雨中骑驴，如今入川倒是
便捷了许多。但真正的造访

从未实现（一如真正的理解常常
沦落为谬托知音），障碍并非山川
阻隔，问题在于如何涉渡时间之河。
生死不过是其中涌现的浪花，
而河流的奔腾从未止歇。

不用到场都能想见，你真实生活
于此的真正痕迹早已所剩无多。
读书台，埋骨地；悲风屡起于
空山独坐。宝应元年的射洪美酒
冬酿春成，51 岁的杜子美
曾在此极目伤神、长歌激烈。
正在此年岁末，他的俊友李太白
刚刚成为新鬼；他的前辈陈伯玉
已经故去多年；他的追随者们
尚未出生……他的耳边兴许依然
回荡着《登幽州台歌》的音调。

我的到访能为这个场景增添任何
有意味的瞬间吗？大概是再次
唐突古人？欧风美雨和声电光影，
数码复制与赛博废墟——之于你
我们是枯树上长出的、被它们
所滋养起来的新枝，随时用来

制成斧柄，装上磨得锃亮的刃口
将你的墓园和故乡周遭的树林
砍伐得干净、整齐，便于迎接
地产商的楼盘、旅游区的开发
以及网红的打卡。这些跟你的事业

毫不相关。你的事业曾经是
任侠使气，是折节读书，是高谈
王霸大略的慷慨陈词，是征伐燕蓟时的
投笔从戎。你的事业
还是泫然流涕，是乐善好施，是
闷闷不乐的居官，是归隐故园
采药养生的安度。你的事业甚至
包括续写《史记》，与君子为友，
与小人搏斗，可惜它们均中断于
命运奇特的安排。犹如千余年后
静穆的守墓人默然无声地殁去。

我想象着当年，有雨的暗夜，
有人窥探到了潮湿的县狱中
回荡着你在 42 岁上的喟叹。
你遭摧毁的肉身有明亮的蜕壳，
它被草率或郑重地掩埋。它变得
无关紧要。你从此得以寄身于

修竹或孤桐，成为箫笛、琴瑟，
演奏，种下声音的龙种。你
从来没有觉得自己能如此轻盈，
随着风就能飘荡到任何一处耳膜。

汨罗江畔诗圣遗阡

蝉蜕地，羽化乡，语言之翅的
轻盈，足以负载生之沉重？
烛炬高悬于纷纭众说，追光者
借机洗去事实的幽暗：即使
早成空址令人狐疑，本地
终究安眠过一个真实的收信人。

我们走陆路。汽车穿过市镇
村落与山洞隧道，沿江往东，
想象你当年走水路的情形。
想象那孤舟中的老病之躯
如何最终停泊到了这小田村？
如何于最后的时日抵抗风痹
折磨？如何回顾生、遭遇死，
嘱咐家人，阖上眼睛，埋入
泥土直至肉身腐烂仅存白骨？

据说，埋过你的大小坟茔
共有八处之多（一如你历经
多地的迁徙与漂流），位于汨罗
江边的这片初葬地鲜有人知：
同是命运的恩赐吗？哀伤相若，
你生前却无庾信那般的盛名。

隔壁的村庄叫杜家洞，相传
来自你次子宗武的血脉。你曾于
他的生辰说什么来着？"我
和你之间的联系不止是基因
与亲情，还有诗的事业。"
汨罗江畔，我们遭遇的则是
你的另一份遗产：湘楚之地
伏枕书怀的半死心映照着
千秋一寸心，折射出沿岸的

枫叶与青山，缭绕水雾里
烟白的屋宇。初夏纵然和
萧森惨冬有别，我耳边犹自
鼓荡着你那句"生涯相汨没"。
对，汨罗的汨：飞腾的前辈搅动
江水，制造绮丽的余波无尽。

夜何其

花神从暗处催动
太平洋
开出一排浪，
撞向牡蛎与礁石。

微雨之昏限制目力，
浓云矫饰为夜的化身。
海风咸腥，助燃纤指
凝成一支蜜炬先行。

未遇传奇于江皋，
但新琴键按出了解佩令，
杂以海岸线修远的颤动，
海滩不倦的喘气。

无从准备对夜的讲稿，
作一夕幽深的骇谈：
设法抵御的夜之黑蓝
吞噬着渐次消失的鲸群。

天上星河转，人间
帘幕垂。恋慕之杏核
藏身于层叠的果肉，
有人轻声问：夜何其？

李贺《春怀引》新释

妙龄人的酣眠即使能比那堆
硕大的花片还沉——足以压低繁枝，
又何处寻得通往绮梦的芳蹊？
况且还要时不时醒来，领略
午后的短晴或薄暮的雀跃，
直到夜幕裹住初春单薄的身体、
为爱情与未来揪紧的心。

醒来就是从梦中往外眺
散发着迷人气息的一轮新月，
摆脱原先侧躺而蜷着的睡姿，
伸完懒腰后绷成一根弦，向
紧张活泼的夜生活进发。它或许
要被装配到天边的那张黄金弓上，
无风自动，奏响欢乐的曲子。

她或许又不甘心这样的醒来，
因为在黑甜乡中被拨弄的弦不止
一根：她的每缕发丝都能发出
不同的歌声和异香，在从首饰盒
进入的奇境里上演数场音乐会。
她希望那时候有风，能将
这些音符和气味吹到梦外去。

然而梦外如今只有吹散的轻尘，
昼夜颠倒后对一切恢复如常的痴想。
当然她也可以选择继续睡，直到
向下一个早晨的曙色地带迫降，
将体内叛变的各个零件牢牢系住。
在此期间，不妨效法白昼时对咖啡的
眷恋那般，给意犹未尽的梦境续杯。

杨碧薇的诗

杨碧薇（1988— ），云南昭通人。中央民族大学文学博士，北京大学艺术学博士后。现任教于鲁迅文学院。中国作家协会会员，中国诗歌学会理事。著有诗集《下南洋》等。参加《诗刊》社第 37 届青春诗会。曾获《诗刊》2021 年度陈子昂诗歌奖·年度青年批评家奖、2017 年度十月诗歌奖、第四届《钟山》之星·年度青年佳作奖、第七届扬子江年度青年诗人奖等。

塔什库尔干河

不与天空争，也不同大海抢
在世界的高处，它区别出了
——塔什库尔干蓝
蓝啊，不愧对"蓝"的命名
让一切和蓝有关的词，都不禁怀疑起
自己的本体
蓝啊，蓝得与蓝相互称颂

蓝得令自在更自在，尽情更尽情

一蓝到底
从克克吐鲁克蓝至塔县
从阿克陶蓝入叶尔羌河
从牛羊的家园蓝去骆驼的谷地
从瓦罕走廊蓝往中巴友谊路
从拉齐尼·巴依卡的哨卡蓝向红其拉甫
从初次睁眼的啼哭，蓝遍夕阳下麻扎静穆
蓝到忘了自身是蓝的
蓝尽塔吉克人的一生

湄公河日落

竟忘了为何来到这里——
须臾间，我已被空无填满，臣服于
天空的盛宴。

那么多河流，那么多痴梦，
为何我一眼认领的是湄公河，
它在万象和廊开之间涌动，
在我的血液里取消了时空。

"多滚烫啊，短暂的夕阳。
你在地球的银幕上播放壮丽的影像。
你带着被万物辜负的金箔隐入太平洋。"

那女孩的星空

整夜，我们在萨热拉村的旷野中看星星
报幕的是金星，
为它做烤馕的是木星；
很快，银河挥洒开晶钻腰带，
北斗七星舀着新挤的阿富汗牛奶；
猎户和双鱼躲起了猫猫，
天琴座拨响巴朗孜库木。
另一个半球的南十字星耳朵尖，也听得痒痒的，
只好在赤道那头呼唤知音。
十岁的阿拉说："今晚我好开心。
等我长大了，能不能当个宇航员？"
——她瞳孔的荧屏上，一颗滑音般的流星
正穿过天空的琴弦。所有浑浊的事物
都在冷蓝的呼吸里沉淀。后来，
塔吉克人跳累了鹰舞，按亮小屋的彩灯。
魔幻世界倏然隐去，
而某种奇光，已在万星流萤时照进我们心底。

阳光铺满窗前

我又闻到了那条鱼跃出深海
扎进云层,翻搅起的蓝色海藻味
在急速摇晃的频率中,射线
滑翔于甜腥与流离的句意

无论怎样,三月是如约到来了
树林里那间堆满灰尘的屋子,该清洗清洗了
一个人,在黄昏的掌上行路
春风浩荡,眼目空阔
意外的温暖随风浮沉
有些被拈走,有些被浪费

抓水晶的人
——致陈子昂

也只有在蜉蝣的纱翼
折射出金钻的须臾,我才会想起你。
是你,让那枚近乎透明的白水晶,
从文字的昙花狂欢节里显形。

苦瓜白水晶，鹄影白水晶，
你抓住了它，像抓住流星横扫银河的尾速。
这速度于我们的生命，是一个微毒公倍数，
放大了另一头的家园，搅起这边
欲罢不能的无限愁。

可你又松开了手，那么自然，那么轻，
仿佛从不曾拥有
废墟般美丽的白水晶——
它才是自己的主人；它目送你越过镜面和冰凌，
身披燃烧的霜叶踽踽远行。
对于它，你早就懂得：
泪流第二次便为多余，
流一次方乃绝唱。
而余生风景，不过是与异乡坦然相处，
在寂静中完成对短暂的责任。

马骥文的诗

马骥文（1990—　　），原名马海波，宁夏同心人。清华大学文学博士。现任教于青海民族大学。中国作家协会会员。作品发表于《诗刊》《上海文学》《星星》《中国诗歌》等刊物。著有诗集《妙体》《唯一与感知者》。曾获十月诗歌奖、草堂诗歌奖、柔刚诗歌奖、光华诗歌奖。参加《诗刊》社第33届青春诗会、第八届十月诗会、第九届星星大学生诗歌夏令营。

红心蜜柚

黄蝴蝶飞走，影子却落在世界的
表皮，泛着沉荡与跃飞的快感。
肥厚的海绵质，透出纯洁深意，
仿佛在它之下包藏着爱欲的奥秘。
这痴人看着你，他好奇的味蕾
正发出猎狗般的吠叫。但他仍如
花豹一般克制，耐心而足够机警，

只用那细刀慢慢划开这赤金皮囊，
并企图沿着原始的脉系来感知。
窗外，秋风又吹落一层脆叶，
万物均在寂静中转化着自身。
他手下的果实，已被他从宇宙的
混沌中撕剥而出，红润、迷人，
一种对于新生的钟爱包围着他。
四年前，那第一次练习的手法，
如今，已更加熟识、精准和热爱。
那时，在长春持久的冬日里，
他穿着厚实的衣帽和鞋，
从校南门的水果店买上它，孤身
踩着太阳系的冰雪，披星戴月，
恋人般将它拎回那空寂的六层大楼。
他曾研习它的外形、质地和滋味，
如今他也读懂它的爱与痛苦。
一只鸽子从窗台惊飞，先知般
停落在远处楼房的顶部。而被他
捧在手心的圆形果肉，此刻，
更像他自己的心。当他吞咽时，
那酸甜的汁液暴雨般降在
他干旱的体内，洗去那全部命运的
灰尘。在这分裂、空洞的世界，
它不仅是美味，也是他一生的

友伴、信心，和喜悦的阵阵水声。

粉刷工人

你从窗户中看见他们的时候
十一月正如炉火般隐去
奥尔巴赫说："我们的准确性"
你看见自己的影子
正渐渐与他们的迷宫般重合
这是有关光荣的修正
你放下书，觉得室内寂静如海底
他们正被两条细弱的绳索吊在空中
谈着天，并对墙面施以雪白的爱
下午的阳光正照在他们的脊背上
显示出某种神圣的流动
那些不容回辩的真实与细节
在你不断熄灭的瞬间给予你支撑
然而，你从未假借过它们
就像你此刻并不是在陈述
而是被陈述
你的形体、愚笨的绝望和痴迷
正在一个天使的地界上被编纂
它们将会在某一日成为一份供词

来预示你和你的爱
你确信你将会在未来回到这一刻
回到这枚紧握的手掌

以及由它所创造的风景

鸽群

你常常闪现在边缘之地
手中，是漩涡般的星云
二十七年，你在风中一次次
扼倒，又细雨般苏醒
就如此时，你看见一大群灰鸽扑入
你的心，并射穿它
在那些未完成的瞬间
仿佛一切都因为这爱的渴慕
而变得明亮如银
你拍打着它，亲吻它
并把那冷却的事物
重新赋予雪崩般的颤动
它们从一个白昼飞入另一个白昼
并将那彻夜的雨季赠给你：
低沉而金黄，泛着众人的容光
而那在消逝中搁浅的，将

把你引入一道更阔大的缝隙
在无限的折射与翻涌中
不存在海浪的吮喋与呼告，而只有
迎面如暴雨的振翅和星辰的簇生

焰火

美使我们合为一个。傍晚的爱人
拥抱在辽阔的星空下，将夜的余温
降临给对方。四月之火，在暗暗的传递中
发出年月般持久的光柱
并提升着他们中的每一个
似乎，唯有寂静才能让我们变得洁白
你注视那瞬间的事物，迷人的碎裂
正把更深的爱引入你的手中，如狂泻之雪
而什么是抵达？不可能的才是真实
除了你，在颤动、节制与熄灭中
照亮我的将属于另一种完美的例外
此刻，飞旋如命的火花
在空气中涌聚着你我的激荡与消亡
可它仍是美感，与每一个被它所引照的人
交换着最终来临的形式和词语
在瀑布般的未来闪现为诗人的荣耀

所爱与所写

清晨，窗外，大风

你的脸正降下未来的尘埃

十八只麝鹿惊醒在雪海中

什么也不是，而是昏黄时的反射

杨树叶绝命般扑簌，浮荡的光波

你取下它——那不确定的损耗

一次木马般的旋转，在海上

掀起阵阵美感的猛浪，比月还痴迷

于是，你凭借启示进入爱的层界

一场闪闪的覆灭——创造般的骄傲

显现在少女的额头

你的敏感、矜持，内心的狷狂

使你毁灭，又战士般醒来

于是在此地，一个人在他自身中降生

泛着梅花的颤抖，孤洁如血

所有字与字的组合都是隐隐的撕裂

而它绸缎般的响声一直回荡在你的体内

创造出比四月还灿烂的消失——

更高的爱，之后死去

王二冬的诗

王二冬（1990—　　　　），原名王冬，山东无棣人。中国作家协会会员、山东省作家协会签约作家。参加《诗刊》社第 36 届青春诗会。著有诗集《快递中国》《东河西营》。作品发表于《人民文学》《诗刊》《光明日报》等。曾获《诗刊》社"百年路　新征程"诗歌创作工程特别奖、中国红高粱诗歌奖、草堂诗歌奖、"我向新中国献首诗"一等奖。入选《新时代诗歌百人读本》。

奔跑者之歌

亲爱的快递员，当我写下你们的名字
我手中的笔变成来自天边的马匹
奔跑起来，墨滴变成横平竖直的快件
在生养我们的大地上洋洋洒洒地书写着
把奋斗者的梦想和平凡人的向往写进包裹
让新时代和每一个明天签收

当阳光借助风的力量，把快件打开
生活的期待与美好便涌现出来
这是你我之间的承诺——每一个
清晨，都要从你把快件交到我手上开始
哦，亲爱的快递员——
我要以青春或追梦的名义与你们一起奔跑

你们奔跑在街巷，点燃城市的热情
以时刻前进的姿势按下新经济的加速键
平衡着商品流通的速度与传递的温度
你们奔跑在乡村，不断磨合对立、填补沟壑
让每一份守望都不再遥远，每一个漂泊
都有线可牵，每一次遇见都期待下一次遇见

你们奔跑在山谷、河畔，奔跑在冰川、草原
你们奔跑在珠穆朗玛峰下
你们的高度就是中国快递的高度
你们奔跑在永兴岛，把快递的旗帜插在南海
你们奔跑在祖国的边陲，奔跑在异国他乡
——你们奔跑在每一个人民需要快递服务的地方

也许，你们一个人就是一座山、一个岛
一片湖，或是十几个只有老人和小孩的村庄
你们用星罗棋布的站点和五湖四海的包裹

把每一个人串联进新时代的网络
把每一个人装进写给未来的书信
我可以从中读出一个个精彩绝伦的故事
我看到每一个包裹中都有一个中国

是的，这正是我们的流动的中国
这正是我们的奔跑的腾飞的时代——
你们从虎符、驿站和孔子的大梦中走来
也从骆马湖、容奇港的百年风雨中走来
你们从信件、邮包和绿色的自行车走来
也从歌舞乡、富春江的多娇青山中走来

我听得见你们呼啸的奔跑声，那声响
是飞机穿越云端，把海洋洲际紧紧相连
是果蔬坐上高铁，枝头的露水打湿城市的桌角
是货车行驶在大路朝天、三轮车穿梭在街巷陌阡
打包美食、礼物甚至生活中的点点滴滴
在一次次运输和中转后把喜悦和祝福投递

谢谢你们，我最亲爱的快递小哥
你们已成为我们生活中的一部分
尤其是那个春天，我像渴望自由呼吸一样
渴望你们能再快一点，把生命的补给送到我身边
我知道，你们也会疲倦、恐惧甚至哭泣

你们也会怀疑这样的付出到底值不值

你们选择了继续并加速奔跑
让人间烟火气在下单和签收后一次次升起
你们参与着每个人的生活
柴米油盐、果蔬鱼肉、课本试卷……
就连那个走丢的小女孩，也是你们
把她送回了家，整座城市都信任和感激你们

谢谢你们，我最亲爱的快递小哥
从你们的背影中，我看到我们每一个人
都是今天寄往明天的包裹
每一次抵达都是新的出发
分拣中心的流水线不曾停歇
太阳在升起，我的祖国正在万丈光芒中
被数以亿计的快件簇拥着、欢呼着……

春风吻过的快件

春风是时光的快递员，谁在寄出
谁又在签收。燕子解开黑色的绳索
鸽哨声叩响门扉，轻读着问候与召唤
快件一层层打开春天

山河转身，一年之计从此开始

每一个快件都被春风吹出声响
田野与广场上，放学的红领巾嬉闹
录取通知书闪着光，写满未来的畅想
是风插上翅膀，给每一份追逐以可能
我奔跑着，脚下生风，飞起来
把承载喜悦和热爱的快件送进寻常百姓家

春雨是天空送给大地的快件，谁在运输
谁又在配送。流水不腐，大海也不是终点
我看到，青青麦苗正在山河永固中
郁郁葱葱，没有一棵垂下头来
这昂扬的春天，已张开巨大的怀抱

你我青春的步伐正踏在新时代的脉搏中
大浪淘沙，岁月一次次将我们分拨
从未拒收的祖国，足以成为我们奋斗的
唯一理由，是的，这些爱与力量
让我们有勇气成为你坦然接收的礼物

春光照进每一个快件，谁在书写
谁又在见证。梦想和贡献不应分大小
所有星夜兼程的追逐都值得尊重，让我们

在这春日，把每一个普通人的生活装进包裹
当你打开，必会有一缕春风涌出
用奔跑的方式，一次次刷新着世界

星星

他是一粒沙，与无数粒沙一起
在西北巴丹吉林沙漠腹地翻涌着
风很急，道路却漫长
等待签收的人很急，夜色在如水的
凉意中，天地便安静下来
他也很急，黎明即将唤醒新的一天
又要往他的心里添几把火
星星不急，时隐时现
——这宇宙中最为巨大的沙粒
早已看清一切：雨水、植被、月光
火箭升空后留下的灰烬、酒后的泪痕
快递小哥的身体和怀中的包裹……
万物愈严实，愈透明；愈透明，则愈缓慢
有些快件，注定无人签收
有些事情，注定急速不得
比如一个孩子学会说话而后懂得保守秘密
比如一封情书从起笔到结束

比如从一个人变成一颗星
而后把一生积攒的光均匀地洒在
每一个正在仰望的人的身上

站点

快递站点，多数躲在城市的角落
楼房高耸、人群拥挤，它渺小
有人注意它时，它就跳出手机里的物流轨迹
成为收件人口中的一句：瞧，它在那里
站点，没有被主城区的地图标记
可以任意涂改，也能按要求迁移
作为快递网络的神经末梢，它的血量不足
应该是心脏和外力并存的问题
有人关心它时，它就成为社区的一分子
十几或几十个异乡的年轻人靠它立稳脚跟
又凭借勤恳和善意融入城市
他们日夜奔忙，搬运着新时代的丰衣足食
因此在我的眼中，站点就是整个宇宙
我们的人生，我们经历或不曾经历的都在其中
快递小哥们的辛劳和付出是恒星
靠他们养活的妻儿和家庭是行星
偶尔的懈怠、不满甚至怨念是流星

而已习惯他们的万家灯火便是这茫茫苍穹

云中记

如果送货地址是一座大桥的名字
如果大桥高架，横亘于云端
如果收件人就藏在云中
那要穿过多少河流翻过多少群山
才能在天空把包裹签收

尼珠河大桥就是唯一的妥投地
护桥工人通过网络下单检修工具
守护着世界上最高的桥梁
快递小哥也常至此，在雾中
彼此露出略大于云朵的笑容

还有的地址仅是带有编号的高压电塔
修电塔的人把快递小哥的步伐
跑成乱码：一个到了，一个又走了
直到灯光把城市照得通明，他俩的追逐
才在月亮的辉映下变成同一个黑点

他们不是腾云驾雾的神仙

却把桥梁、汽车和快件送上了天际
他们不具备追风逐电的超能力
却在旷野中跑出麦子拔节的速度
他们是平凡的奋斗者，不愿意辜负
新时代给予自己的每一份信赖

丁鹏的诗

丁鹏（1991—　　），吉林梅河口人。北京大学中文系硕士。现任《诗刊》编辑、中国诗歌网总编助理。中国作家协会会员。作品发表于《人民文学》《文艺报》《山花》《大家》等。著有随笔集《所谓岁月静好，不过是敢向命运叫板》。获第二届恩竹青年诗歌奖等。被中宣部授予"宣传文化系统抗击新冠肺炎疫情先进个人"。CCTV第九季中国诗词大会上场选手。

魂归中原

倒穿的草鞋借助亡者的脚步走出麻山
糯米在倒扣的碗中长成一小片中原
砍马，直至被砍倒的马从血泊中站起
直至裹尸布如旗，一路召集祖先的骐骥

沿着东郎唱诵的古歌，古歌所指的东方
沿途有兽骨与蛇蛊从药婆的手中逃脱

有红稗与芭蕉于银制的月亮下成熟
有芦笙与牛角号在遗落的王城里吹响

须击败一头雄狮才能与英雄的亚鲁相认
尝够铩羽与遁迹的幽辱方能汇入他的行伍
如争夺盐井与龙心的兵戈中祖灵的消黯
须击响沾润月信的铜鼓、女人的刀刃

才能从南海走向丹渊，讙头国走向
追随丹朱的三苗之君丹水之浦的决战
为炎帝复仇的铜头蚩尤和他辉煌的败绩
才能进入铜鼓上的家园和它的荣耀与温暖

青瓷

鸟鸣绕着指尖，空山是空的杯盏
朱子将青山倒扣，把流云斟满
留出回旋的深度，供阴影在杯底
碰出悠长的回音，震动细腻的胎体

与温润如玉的釉水。如一生布满伤痕
流水纹不断攀升，缝补青绿的釉面
青绿，如霜鬓的刘锜补缀的河山

<figure type="sidebar">丁鹏的诗</figure>

147

那时还未到庆元，朱子的门生

坐满吟室。那时一片青瓷能买下
金中都，一阕满江红能吓退铁浮图
那时，开往九龙窑的商船挤满了闽江

稼轩将张安国押至虎踞龙蟠的建康
朱子正涵泳一首诗用来垂范万世
茶在沸水中浮沉回望它的命运

绝版的风景

崖柏一样，你在城市的悬崖上过活
只是天空之镜不倦地渲染远方的风景
你何时从峭壁上拔出根须，开始冒险
何时煽动青葱的叶片，飞鸟般轻盈

飞鸟一般去游历，去见证万物与空无
飞越冰川与沙漠，追溯生命的起源
你洁净如羽化，如砂纸打磨的木板
等待造物的刀刻。如何烫蜡不朽之爱

像交错的电线按捺住闪电，以遮蔽

尘世的幽暗。如何刻画消逝的风景
像逐版递减的版画：一层一层涂抹上
梦想的油彩，一刀一刀毁掉一生所爱

当无法重来的一生已印成绝版的风景
你是否找到归处，用来把回忆晾干
你是否找到答案，即使答案已被推翻
你是否写下落款，白马跑入白马山

塔

塔，一口掘向苍穹的井
引九霄云气灌溉九州厚土
引沉重的地球旋转、飞天
引万物之灵漂泊、超脱

像挖海眼一样挖通天塔
锁龙井一样锁住云谲波诡
锁住比人更人性的白蛇
和比愚更愚痴的无上智慧

要建就建在跳动的心脏上
塔被心跳撞响，像一口钟

被不断地钉入激情的维度

要建就建一座飞翔的塔
像飞蛾扑向太阳的焰火
变成火中最寂静的一朵

今晚的月色真美

风的羽毛闪烁，似月的睫毛闪躲
风筝滑向虚空，似月兔跃入朦胧
而蛙声从青莲中溢出
柳絮吹满你行经之处
岁月弯曲成一团，雪白，而纷乱

而婉转、而饱满，大提琴的音符
——飞机不停地越过昨日的屋顶
我不停地跑向已逝的春天
那万分危险而美丽的夜晚
知道你不会来，不停地晃动酒杯……

苏笑嫣的诗

苏笑嫣（1992—　　），蒙古族，辽宁朝阳人。北京外国语大学博士研究生。参加 2018 年全国青年作家创作会议、《诗刊》社第 36 届青春诗会。作品发表于《诗刊》《人民文学》《民族文学》《钟山》《星星》《扬子江》《青年文学》等。著有诗集《时间附耳轻传》《脊背上的花》，长篇小说《外省娃娃》。曾获《诗选刊》2010 年中国年度先锋诗歌奖等。

少年远行

我们在 19 岁的那个夏天出去骑行
同清晨一起越过广阔的高原草甸
也时不时穿过褐色、江水奔腾的峡谷
来到庙宇标点着的神圣的山峦。
夜晚我们也看过汹涌的群星
当我们坐在石块垒砌的矮墙上
手中的绿色啤酒罐加速着它们旋转的轨迹。
我们同生共死也相互争吵

那女孩正在用酥油把面条煮烂
早上我曾看到她洗净自己厚重的长发
穿着红褐色的袍子，坐在太阳下
她并不知道自己的美
就像那边雪山上逐渐绽开的红花。
我们每天捆好自己的行李架，去体验
后来我们再也无法体验的那些东西。
我是说，我们自己决定的无知的勇敢。
那之后记忆和生活一同模糊了
你逐渐确立起的姓名并不完全认识你
你们面临的希望和恐惧也不尽然是同一个。
偶尔你会想起拉萨的阳光照射在河面上
那些闪烁的金色的鳞光。
是什么在前面等待我们
那时你并不知道，现在依然。
路程无穷无尽，你回想这三十年的远行
你所捕获的
你一无所获。
室中花已干枯多日，缓慢
而感受不到的痛苦。

你和你的生活就是这样互相忍耐着。

飞鸟巡视园中

你又回到从前你住过的那片地方
你和它都发生了改变
但还是很容易地，就能从时光的绞缠中
作用于彼此。你活着回来
在你面前，夜的脸上，月亮复制出同样的光。
这不是很奇妙吗，你慢慢走着并想到
这些年里发生在你身上的震荡
这里曾有一个黑色的空虚
就在那片晃动的树影下方。
熟悉的玉兰花味残留着……
燃烧出华丽的火焰。
但不能流畅地平移
就像你不能把那些过去的困苦翻新。

还有心存敌意的坚忍
——你的获得之物——给予出的拒绝。
一枚单独的花瓣
在黑暗中无尽地旋转。
它将徒劳
没有回忆能紧握住它，就像

飞鸟攥住自己的树枝。
但它们将回环、巡视
疲惫而脆弱的翅膀，扇动
在睡梦的破裂之处
搅动着一个个薄薄的黎明。

初相遇

我沉迷于海水扑拥带来的眩晕幻象。你知道的
就像我们此刻散落在这里，共同拥有的光。
今天，一个青绿色的下午
小帆船成群结队送来天色止住的话。
我们久久徘徊，被揉碎的词语光斑般
上升起来。这是风生水起的虚妄——
说到青春，我们似乎都有了一颗老灵魂。
再短暂地迷失一下吧，从我们
互换温度的这个秋天。

该如何言说，我的内心——
它像一块种满欢喜和钦慕的花园。
太过美丽的日子，总使人当时便不忍回望。
再近一点吧，采撷一枝带走，如同带走一个索引
握在手里，或者黄昏中将它折断。

现在，潮水微晃，温柔摆弄着月光
寂静暗暗停靠在山冈上
你们的声音擦拭着风，并没有更多的悲伤。

夜课听雨

在夏末的雨夜中
我坐在教室的窗旁
雨声敲打楼体，使教授的声音
和纸张的翻动，成为沙沙作响的背景。
宛如朦胧的轻柔，在这个夜晚
我感到一种无限愉悦的安宁。
爬藤植物湿润、油绿，在窗外
而紫色的夜深沉，如敞口的黑釉陶罐
如我空静的心，承接着黑色的凹陷的水
讲台上方的时钟保护着此刻的宁谧。

这是一种熟悉的遥远
我与未知之物彼此相倚
雨使时间浮起，在这样的夜晚
我们从自身中短暂地缺席。
顺从脱去重量的空气的质地

让思想从更多的天空
流入庭院中想象的池塘。
这就是那面镜子
躺卧，完整，仿佛恒久——
虚无完成的远比生活完成的更多。
雨声中，教室越来越满地合拢着自己
在被黑暗的树影轻擦着的墙壁里
寂静坐定
我们在其中用双手舀
在秘密垂落的罗盘里。

我信任未曾说出的所有

我锁骨上的桃花先于春天开了
你引领我走入不再归还的暗流
我们真的在冬天的身体里了吗
放眼望去　一片叶子跟着另一片叶子飘摇
一个人跟着另一个人走进风中

"为什么这个傍晚和其他的傍晚如此不同？"
夜幕在我们的身后垂落　爱挂在清凉的露水之中
鸦群飞起的时候　我们仰望夜空
你的手是王国　新的沉静从那里诞生

生活无疑是宏大的　我们也都曾见过命运颠覆
迷失的时辰里我们漫行款款　树梢在动
所有的话语都吹散在风中
总有云朵隐匿着雷声　我们不知道是哪一朵
也总有岁月的刀　会划过苍茫顾盼的前路

然而月色是刚刚好的　夜与时间都静静停仁
当我站在你身边　你听见了吗　我生命里的
花朵、火焰、暴雨、寒冬和所有寂寞的呼声
把你的沉默、恐惧、忧伤、希冀也交给我
连同哀叹和高傲　艰辛和孤独

天黑到心里了　哪怕是一点点爱点亮的一点点灯
都足以让我们站在彼此的身后
对于那些来不及相识的岁月　和分道而行的
日后的可能　也都值得去谅解与宽恕
那么冷了　那么多的人事都退却了　你还在
那些沉默中的未尽余言　也就不需要再多说了

赵琳的诗

赵琳（1995—　　　），甘肃陇南人。任职于康县阳坝镇人民政府。中国作家协会会员。鲁迅文学院青年作家班学员。第四届甘肃诗歌八骏之一。作品发表于《人民文学》《诗刊》《中国作家》《星星》《北京文学》《飞天》等刊物。著有诗集《白马藏银》。曾获丰子恺散文奖·青年作家奖、第九届"包商银行杯"一等奖等。参加第十一届星星大学生诗歌夏令营。

木匠

冬日空荡荡的蜂巢，被村东木匠

一遍遍打磨，刨子吐出鲜花

凿出木心，掏空的木头体内敞亮

每年，木匠一遍遍修理蜂巢

像修复他内心封闭的宇宙

中年丧妻，晚年丧子

整个午后，他沉默在村庄

他的手艺愈发精湛

新打的衣柜结实大方，像出嫁的姑娘

新打的柏木棺材端庄肃穆

雕刻栩栩如生，村外小路连接矮矮的坟头

家具被一件件做好……

他凝视太阳落山，暮色里

乌鸦归巢，火塘煮粥

遗忘和月亮流淌在夜晚的雨雾

永恒的星空，因为岁月，恍然老去

我们估算等量的孤独和幸福

伐木工

山间薄雾弥漫，我和母亲上山

草木苏醒，天空小雨

我很久未曾到父亲的伐木场

那些劳作在山林深处的人

像一个个搬运工

搬运圆木，多年前

我在伐木场看到父亲光着膀子

斧头砍倒笔直的柏木

砍倒喜鹊空荡荡的巢，砍倒一座山林的寂静

春天入林，大雪出山

天空和大地，仿佛只有一颗心脏跳动

傍晚，母亲炒竹笋腊肉

父亲靠着墙，他老了

胳膊弯曲，手掌的茧落了又出

生活的压力来到中年

他黑色的瞳孔布满星辰

墙上钟声转动，他仍有无限忠诚未曾完成

生活课

那天晚上，我陪父亲喝酒

黑陶罐装满咸菜，火塘腊肉风干

妹妹睡在院子躺椅

她换牙的年纪

石榴开花，表姐出嫁

父亲要去新疆，你会看到

那里盛产干果和葡萄

向日葵在原野摇摆，棉花即将采摘

白昼漫长，良宵渐少

黑夜里，很难有这样安静的时刻

让他木讷的口吻

讨论家庭琐碎，亲戚故旧

这些轻声细语，教会我

在未来的日子里
让我像他那样接近生活的本色

火车经过德令哈

有一刻，我想伸手摸一把沿途的风
星空落在沿线村庄，我和邻座大叔
聊到了拉萨，他从未远离青海大地
没有去过布达拉宫
他说起家乡海西，你不知道
牛羊出栏时，草地上就飘着白云
你不知道它们眼中装满星星

在去西藏的火车上
那些漂亮的云彩就像他豢养的羊群
放牧在夜空，最亮的太阳如同一块
古老的打火石，正划亮火车进洞的黑暗
他下车时，捏着一张病例单
对我语重心长地说，今晚的星空真美
值得任何人怀念——真的值得

克拉玛依来信

雨天，我收到朋友
从克拉玛依小镇寄来的石头
一块猩红色的石头，尖尖的不规则
光滑的表面磨损严重
像沉淀的沙丘

我又和他聊到乌鸦
只会在冬天出现，略带晦气的黑精灵
巢穴建在树顶，日落日出中
它们扑腾着翅膀飞过
矮矮的草原，在高耸地方
一定看到云雪

年前在藏区，他告诉我
太阳之子的乌鸦，是灾难的一面镜子
在命运中
需要带块磨难的石头
洗涤掉噩运的事物
或者日暮之际，赞美更久远的两个人

火棠的诗

火棠（1995—   ），原名刘斌，河南南阳人。毕业于武汉大学中文系。现为北京高思教育集团语文老师。参加《诗歌月刊》首届新青年诗会。作品发表于《诗刊》《江南诗》《草堂》《中国校园文学》《中国诗歌》《台港文学选刊》等刊物。获第三届全球华语大学生短诗大赛新诗组特等奖、第六届野草文学奖诗歌组二等奖、首届武汉晨报地铁诗歌节三等奖等。

青山

几日里，我独自和四周的青山静对
它们示我以秋色，我报之以枯井中的蛙鸣
山不厌山，山不厌我，山不厌赶来和它相见的万物

青山是佛，天地是一座寺院，我这红尘中的俗客
修习着镜中的留白。落花敲晨钟，飞鱼击暮鼓
云朵偶或描画出一只蓝色的大雁

断发往哪里飞，何处的湖水波动着我的心
谁能从那封字迹模糊的书信中看到毛驴的温顺
水牛的清闲，和水中芦苇的寂静

诸种目光，只有人类的凝视写满了复杂的文字
青山无意解读，云雾缭绕着它
在鼎盛的香火中，自有晚霞映红我的面孔

河流

谁曾认识过你？止于片段，止于瞬间
止于用一道波纹揣测你的美丽，止于桥上的相望，
止于岸，止于面容中破碎的光和影子。和你一起前进
但这未必是前进，
你只是行走在自己漫长的身体里
和自己耐心地磨合

河流，我们洞悉你的坚硬和柔软，你的起伏和静止
我们是你一生中忠实的朋友
而你的一生只是无数个自己

峰顶鸟群

树倒映群山，鸣笛凄厉如猿
水推天到语言里。雾纸包不住绿色灯火，
铁皮屋传染微澜、微蓝
风熏尾气，恐惧在心里像镜中开花
凌波门面对永恒的几何题

马蹄香，脚印出污泥
暮色飘然而至。路标疑似迷途者
黑发潮湿如死亡，紧贴着青春的沉默
开湖投枪于芦苇架和书丛，将时间静止
万鸟飞出一巢

春问

落叶在水面上画下一个句号，时间
陷入了洁白的思索。晶莹的句子柔软而波动，
一圈圈，于耳垂的空，逸入无限。
秘密高悬于浮云宽阔的纹理中，我们
剥下房间，被河流的对岸举起，

像举起一对娇嫩的火把。恍惚之美，
醉倒于按压着碧绿的空气里。
风停在更多的风里，弹奏着我们
琥珀的肉体，你说我们是死亡伸出的
舌头，是一个不断浑浊的问题。
就让它再次清晰，凭借最纤细的雨点，
以柳枝和芽的关系，以
一朵花浩瀚的颜色，以鸟醒来时的
蒙昧和好奇，以我们的语言。
春天在灰蒙蒙中透出探询的光明，
我们说出的鱼闪闪发亮，游弋在
声调海的漩涡处，虚化为一个唇吻。

同学剧

奇迹的是，我准确地握住了你掌心的
熟悉，像是戴上一副合适的手套。
雾气并未遗忘住在过去的交谈，
从这扇门进来，世界像一座亭子，
我们知音般坐下，用高山，流水，
毛巾，眼镜，给木头挂上一面薄薄的
火的旗帜。晚餐不允许我们久留，
必须继续失去，路过藏在树下的宝可梦，

对精灵视而不见，从线团中理出一根
完美的索求。可能性是昂贵的玻璃，
我们望见碎片在闪光，这新年般的诱惑，
变旧得过于迅速。夜色清澈了我们的影子，
静悄悄的草间，沉落矛盾磨损的铁屑。
你含蓄地栖息在浅水处，梦游升起如
不安的气球，生长的疲惫抚摸着
花瓣般的脆弱。黑暗结出的一盏灯，
向内流淌，这柔和浑圆的果实，
为了完成一小片古老的曙光，
必须用针一次次把自己挑亮。

吕周杭的诗

吕周杭（2000—　　），吉林长春人。吉林大学汽车工程学院车辆工程系研究生。参加《诗刊》社第 39 届青春诗会。作品发表于《诗刊》《星星》《飞天》《诗歌月刊》《绿风》《青春》等。著有诗集《松鼠记》。曾获《诗刊》2022 年度陈子昂诗歌奖年度青年诗人奖、第三十九届全国大学生樱花诗赛一等奖、首届公木诗歌奖、2023 年东荡子诗歌奖·高校奖等。

收获

十月的光线在外部劳作
尘土发烫，声音通过振动联结彼此

在十月的玻璃房，她小心翼翼地旋转，挪腾
太阳像一颗笨重的蟹钳摇摇欲坠

果实在传递。幸福在分享中得到形状
所有的目击者都信誓旦旦

我们握着春天的树对秋天的信心
尝试理解，就像风雨也曾徙经我们的躯干

长白辞

> "泪眼婆娑处，白发尽头时"

——安扬

除去赞美与观察，会有更值得的事情，
比如借得火种，窥见留守的草木
推演古籍。密集的造物
被惯性催生，无数细小的力：飞雪
也将在夏夜中酿造。这轻轻的振翅，
造物主的舍身，在池水的边缘也能
染上渐进的凉意。足够的澄澈
会使登临的心也明亮么？

比如瀑布与森林，比如面壁的此刻独属于
人的黯然。有别于神迹，
你不愿挥霍你的祝福，仅仅蓄下池水，
这温柔的握紧，风雨里

不断洗亮群山深处的浮雕。
这些崭新的出发与归还，夜夜，
从你的手腕迭代出星辰的光辉
无数次照亮沉睡的宝石，直抵白发的尽头。

毕业诗
——遥赠南岭诸友

如你所见，攀缘的静物
正在反复拆解，定格，
供踮脚的孩子折走
杏花疏影吹笛客。光圈里，
拓印的街景逐次接入，尝试唤醒
标定年轻的指针。"抽调与命令"，
分发的人面容温暖，一些留下，
一些被覆盖，同时意味着覆盖
异处的底片。
中断的程序不忍拉低：
"青山不改，绿水长流，苟富贵，
勿相忘。"装车的俚语里
我们健硕、坚韧，富于弹性，
勇敢且冷静地掷向陌生的墙壁

还有更多值得尝试。
比如冒险，穿越车辆的方程组，
从流动的人群，习得远足的技巧，
更多是心境。有时计划仅供参考，
自由多易取，合理的取得亦将接受
合理的收回。
年轻同样，被徐徐分摊，简陋
而不自知着，吐纳最小单位的海
"吹亮，吹亮，这岑寂世界的煤。"
海浪是你心底的奇异果，等待
被切开。未必成熟、足够恳切

与友人书

你再次谈起孤独，再次在成都
裹紧深秋。

四处染泪的山城。连马腿都是短的
你总说成都太大
人们结下的茧，又太厚太重

你也说成都很小
像自动贩卖机。你记得每一种敏感的价格

久居南方，灵魂越来越轻了。
你立在纸上，向我讲述红叶与潮湿的空气

"川蜀的秋宜掬一捧。
即使新凉，也无法抑制悲怆"

自去年秋天互为远方。
"人生如浮萍，雨打风吹去"
季节之诗越过山谷滑入平原的迷雾

象群迁徙指南

向北，再向北，走出预设的房间
滂沱拥塞长街，冲掉逼仄的暗室

源源不断的势，仿制一种迷茫的倾泻
光从围城射下——冷峻地切向加速度。

他们已在岛心，逢遭抽打如孤绝的陀螺

"亲爱的，我将在加速中得以修正平衡，
终于，这是给予力的回合。"

声　明

经多方努力，本书仍有若干作品未能与版权所有人取得联系。请版权所有人见书后与我们联系（HRWX2011@163.com），以便及时支付稿费。感谢理解与支持!